Das Buch

Der Künstler kämpft mit seinen Erinnerungen. Jemand kocht vor Wut. Und Männer ringen mit ihrer animalischen Natur.

Acht ungewöhnliche Erzählungen über brennenden Hass, Störenfriede und das lauernde Böse im Menschen.

Der Autor

Björn Bourry wurde 1983 in Köln geboren. Während seines Studiums der Geschichte und Philosophie an der Universität seiner Heimatstadt war er nebenberuflich als freier Mitarbeiter in verschiedenen Redaktionen tätig. Anschließend absolvierte er ein Volontariat in Göttingen. Derzeit lebt und arbeitet er in Bonn. Der Schwerpunkt seines literarischen Schaffens liegt auf Kurzgeschichten.

Mehr Geschichten von Björn Bourry in: *Ein Königreich für Ihre Gedanken – und weitere Erzählungen ISBN:* 978-3-7347-9464-3

Phantomschmerzen

und weitere Erzählungen

von Björn Bourry

Bibliografische Information der Deutschen Nationalbibliothek

Die Deutsche Nationalbibliothek verzeichnet diese Publikation in
der Deutschen Nationalbibliografie; detaillierte bibliografische
Daten sind im Internet über http://dnb.d-nb.de abrufbar

© 2015 Björn Bourry, Bonn
Herstellung und Verlag: BoD - Books on Demand, Norderstedt
ISBN 978-3-7386-5871-2
Covergestaltung: © Timm Bourry, Köln

Inhalt

„Wir brauchen keine anderen Welten, wir brauchen Spiegel!"

Stanislaw Lem, Solaris

Hitzewallungen

Ihm war verdammt warm. Er dachte sich jedoch nicht viel dabei und zog einfach den Pullover aus. Den verwunderten Blick von Astrid ignorierte er, griff zu seinem Glas Wein, das vor ihm auf dem runden Tisch des Cafés stand und sprach weiter über den Artikel, den er am Morgen in der Zeitung entdeckt hatte. Den ganzen Tag über hatte er sich darüber schon geärgert. Die Wut brodelte in ihm.

„Gestern hat die Polizei wieder vier Einwanderer geschnappt, wie sie versucht haben, in ein Haus einzubrechen. Das hat in der Zeitung gestanden. Eine verfluchte Plage diese Aus..."

Er unterbrach sich selbst, da er im Augenwinkel den Kellner bemerkte und kippte den letzten Rest Wein gierig hinunter, während er, das Glas noch gegen den Mund gepresst, die Hand hob, um beim Ober per Handzeichen den dringend benötigten Nachschub zu ordern. Vom Reden trocknete sein Mund immer aus. Und dann noch die schwüle Luft heute...

„Jedenfalls diese diebischen Immigranten immer", setzte er wieder an.

„Aber viele von denen sind doch Flüchtlinge", erwiderte Astrid, woraufhin er nur erbost den Kopf schüttelte und sich mit der Hand Luft zufächerte.

Er begann zu schwitzen, spürte die ersten Schweißtropfen seine Wirbelsäule hinunter wandern. Sie zogen eine feuchte Spur nach sich. Wo bleibt denn bloß die neue Flasche?

„Papperlapapp! Flüchtlinge? Das sind doch nicht mehr als elende Schmarotzer. Und das Gerede von Krieg, Gewalt und Leid? Ein winziger Teil davon stimmt vielleicht - wenn überhaupt. Die wirklich Verzweifelten sind ja auch willkommen. Aber der Rest? Die würden sich nicht die lästige Mühe machen und sich in einem Land niederlassen, das so ganz anders als ihre Heimat ist, wenn man ihnen hier nicht von vorne bis hinten das Geld in den Hintern bla…"

Der Kellner brachte den Wein.

Er schenkte sich selbst mehr nach, als das Glas fassen konnte. Astrid hatte ihr erstes noch gar nicht ausgetrunken. Er soff seines in einem Zug aus.

Gott, ist mir heiß, dachte er und sah sich verwundert um. Die anderen Gäste saßen mit Pullovern und Sommerjacken an den Tischen. Frostbeulen, schimpfte er in Gedanken.

Astrid versuchte vom Thema abzulenken.

„Was wollen wir denn nun bestellen?"

„Egal", murmelte er und entdeckte auf der anderen Straßenseite eine Gruppe schwarzer Männer, die lärmend vorüber zog. Sie lachten in einer enormen Lautstärke und unterhielten sich in einer fremden Sprache.

Schmarotzer, dachte er und um ihren Tisch herum fielen ein, zwei Bemerkung über die Gruppe von „Afrikanern", die ihn in seiner Ansicht bestärkten. Astrid wollte Pasta bestellen. Er überhörte ihre Worte routiniert.

„Die passen doch schon von ihren natürlichen Voraussetzungen nicht hierher", sagte er.

„Was soll das nun wieder bedeuten?", fragte Astrid.

„Das Temperament! Das ist doch allgemein bekannt! Also wirklich Astrid...Diese Warmblüter sind das Klima gar nicht gewöhnt, da ist es ja nur logisch, dass die in dieser Gegend Tag ein Tag aus frieren. Vielleicht kompensieren sie den Verlust ihrer natürlichen Umgebung mit ihrem Verhalten."

Astrids linke Augenbraue wanderte skeptisch nach oben. Er griff zur Serviette, denn nun hatten sich auch auf seiner Stirn kleine Tropfen gebildet.

Muss der Ärger über das Lumpenpack sein, dachte er und wischte den Schweiß weg.

„Geht es dir nicht gut?"

„Doch, doch", sagte er und goss sich ein weiteres Glas Wein ein. Er spürte, wie sich unter seinen Achseln Pfützen bildeten und vermied, wie es sonst seine Art war, mit ausladenden Gesten seine Worte zu bekräftigen. Ihm wurde immer wärmer.

„Sie kompensieren bestimmt", fuhr er fort, um sich wieder

auf das Gespräch mit seiner Frau zu konzentrieren. „Weil sie hier auskühlen, sind die so unangepasst, gerade die jungen Exemplare. Das hört man doch ständig, deswegen suchen die andauernd Streit. Lauern normalen Menschen wie uns auf, betteln und belästigen anständige Mädchen. Und dazu kommt noch die ganze Kriminalität."

„Alles wegen dem Wetter", erwiderte Astrid sarkastisch und bestellte ihre Nudeln, da der Kellner von alleine mit der dritten Flasche Wein an ihren Tisch zurückkehrte. Ihm war das leere Glas seines Gastes nicht entgangen.

„Sind eben arme Schweine, die nicht aus ihrer Haut können", erklärte er. „Alles Biologie. In diesem Sinne ist dem Einzelnen auch kein Vorwurf zu machen...Könnte ich eine Flasche Wasser haben? Es ist so heiß heute."

Er bemerkte den überraschten Blick des Obers nicht. An der Theke des Lokals kontrollierte der Kellner das Thermometer. 14 Grad. 18 Uhr. 16. Oktober.

Er schnaufte, rang um Luft. Astrid reichte ihm ihre Serviette, damit er sich mehr Luft zuwedeln konnte.

„Ist dir denn nicht auch warm, Astrid?"

„Nein", sagte sie und unterließ den Versuch, nach ihrer Strickjacke zu greifen, da ihr im Gegenteil kalt war.

„Es ist nur die Aufregung", beschwichtigte sie ihn.

„Aufregung? Wer regt sich denn auf? Ich gebe doch bloß

Fakten wieder!" Seine Stimme wurde lauter. „Tatsache ist doch, dass immer mehr kommen. Seitdem ist man eben nicht mehr sicher hier. Oder? Und so langsam ist das Limit nun auch wirklich erreicht! Oder?! Wir sind doch nicht das Sozialamt für den Rest der Welt!"

Er blickte auffordernd zum Nachbartisch, an dem sich vor fünf Minuten ein junges Paar gesetzt hatte. Die Beiden starrten gezielt an ihm vorbei Löcher in die Luft.

„Können wir endlich das Thema wechseln?", fragte seine Frau und griff genervt zur Dessertkarte, weil sie nichts anderes tun konnte.

„Ich habe doch Recht!", rief er. Andere Gäste drehten sich zu ihnen um. Astrid vergrub ihr Gesicht zwischen den Abbildungen von Schokoladeneis und Vanillecrêpes.

„Ja, glotzen Sie nicht so blöd!", brüllte er. „Sie haben doch eben selbst, als die Neg...als die Schwarzen da eben lang gelaufen sind, gesagt...Aber das ist mal wieder typisch. Keiner hat den Mumm, zu dem zu stehen, was er denkt!"

Er schwitzte noch stärker als zuvor. Feine, dunkle Linien und große, schwarze Flecken schmückten sein hellblaues Hemd.

„Gerade gestern", rief er. „Erst gestern, so hat es heute in der Zeitung gestanden...die klauen wie die Raben. Von wegen Krieg und Vertreibung. Die kommen wegen Geld! Die wollen hier auf der faulen Haut liegen! Denn die wissen: Einmal zum Amt gehen, vom grausamen Schicksal jammern, da sei so viel Gewalt, so viel Elend und Hunger...Mimimimi. Und Schwupps! Schon kommen jeden Monat pünktlich die Miete und das Kindergeld...und überhaupt! Ich persönlich, also ich selbst, ich habe die Schnauze voll!"

Der Schweiß breitete sich aus, ließ seine Frisur zu einem feuchten Haarknäul werden, lief den Rücken hinunter, bahnte sich seinen Weg die Beine herab. Er redete sich weiter in Rage. Konnte nicht anders.

„Wir sind doch nicht für alles Leid auf der Erde verantwortlich oder können uns um alle kümmern! Nur wegen dieser Einstellung kommen die doch überhaupt! Weil die sich da oben aufspielen und so tun, als sei jeder willkommen. Ich sage es ganz deutlich", betonte er mit anschwellender Stimme. „Ich sage: Das ist ganz gewiss nicht so."

Astrid fischte mit ihren Füßen unter dem Tisch nach ihrer Handtasche. Dann schnappte sie sich die Strickjacke und schlich unbemerkt von ihm, der mittlerweile aufgestanden war und gerade noch der Versuchung widerstehen konnte, auf den Tisch zu klettern, davon. Die ersten Gäste erhoben sich und flüchteten aus dem Lokal. Er warf ihnen Beleidigungen hinterher.

Der Kellner eilte herbei.

„Ich denke, es ist besser, wenn sie nun zahlen und gehen."

Er lachte hysterisch. „Hörst du das? Astrid? Dieser Pinkel will anständige Menschen wie uns hinauswerfen! Astrid! Astrid?"

Er drehte sich um und fand nur einen verwaisten, beigefarbenen Holzstuhl. Der Kellner wiederholte seine Aufforderung und hielt ihm die Rechnung unter die Nase.

„Sie gehören wohl auch zu denen", begann er und holte seine Brieftasche hervor. „So ein Einwandererkind! Die Sorte, die angeblich andauernd diskriminiert wird. Also lieber schön Geld in die Ausbildung von solchen kleinen Versagern pumpen, damit auch erst gar kein schlechtes Gewissen aufkommt. Und dann wundern sich alle, wenn richtige deut...also wenn die klügeren, leistungsfähigeren Kinder nicht richtig gefördert werden. Macht aber nix, auf dem Arbeitsmarkt läuft das ja auch so ab. So gesehen bereitet die Schule tatsächlich auf das spätere Leben vor."

Diese Hitze, dachte er, ich gehe kaputt! Als hätte mich jemand unter Strom gesetzt.

Der Kellner hatte sich im Griff und nahm wortlos die Bezahlung entgegen. Mit einem Handzeichen deutete er an, dass der verehrte Gast sich jetzt lieber schleunigst vom Acker machen solle.

„Ganz recht", brüllte er. „Jetzt sind sie nicht einmal mehr

auf unser Geld angewiesen. Gibt genug Arschkriecher und Ihresgleichen, als dass ICH gut genug wäre, weiterhin Gast in ihrem Etablissement zu sein und ihren ausländischen Fraß zu essen."

Er verließ das Café und marschierte schnaufend und nach Luft ringend die Straße entlang. Seine Kleidung war inzwischen vollends durchnässt und klebte an ihm. Eine Wolke stechenden Schweißgeruchs umwehte ihn.

Verdammte Parasiten, ging es ihm durch den Kopf, bedeuten noch unser Ende.

Er stoppte, weil er es nicht mehr aushielt und zog sich das schweißgetränkte Hemd aus, schleuderte den feuchten Stoff auf den Asphalt. Die neugierigen Blicke der Passanten waren ihm egal.

Mir ist so heiß, dachte er. Ich muss irgendwo hin, wo es kühler ist. Zielstrebig trottete er in Richtung Flussufer.

Eine kühle Brise wird mir gut tun - am Wasser weht immer ein kalter Wind. Warum ist mir bloß so warm?

Auf dem Weg kam ihm eine Frau mit einem Kinderwagen entgegen, sie trug Jacke und Mütze. Die Temperatur war in der Zwischenzeit auf neun Grad herabgesunken. Mit großen Augen starrte sie ihm nach. Schweißgebadet, mit nacktem Oberkörper und leerem Blick schlurfte er daher. In ihm kochte der Hass.

Wenn ich nach Hause komme, fange ich an, alles zu verbarrikadieren, beschloss er. Wir sind nicht mehr sicher vor den verdammten Eiwanderern, Flüchtlingen und dem ganzen Rest dieses Gesindels. Bald schlagen sie zu. Sieht das denn niemand? Was muss denn noch passieren? Astrid, die dumme Kuh, sie versteht gar nichts. Dabei müsste sie doch gerade als Frau...Ich habe bemerkt, wie sie von diesen Typen angesehen wird. Ich weiß, was sie am liebsten mit ihr anstellen würden!

Endlich erblickte er das Ufer. Ein kühler Wind wehte herüber. Er spürte ihn nicht. An der Brüstung lehnte er seinen Oberkörper soweit wie möglich nach vorne. Doch kein Luftzug, keine wohltuende Brise erreichte ihn. Dicke Schweißtropfen fielen von seinem Körper hinab in das Wasser unter ihm. Die Wut brannte unaufhörlich.

Ich muss mir eine Waffe besorgen, dachte er. Wir müssen vorbereitet sein. Man darf nicht mit heruntergelassenen Hosen von diesen Mistkerlen ausgenommen werden. Prävention heißt das Zauberwort. Man muss ihnen zuvorkommen. Gott, diese Hitze!...Ich werde den ersten Schritt machen, damit es gar nicht erst soweit...

Mit einem Male verlor er das Gleichgewicht, eine Hand klammerte sich an der Brüstung fest. Unter ihm schlugen die Wellen des Flusses gegen die Ufermauer.

„Wasser!", schrie er. „Kaltes Wasser!"

Ein Finger ließ von dem Geländer ab, dann der nächste, schließlich drei. Der Körper fiel hinab in die Fluten. Die Strömung riss ihn mit, begrub ihn erbarmungslos unter sich.

Das Wasser war kochend heiß.

Feigling

Seine Hände gleiten über die Leinwand. Instinktiv verteilt er die Farben, kombiniert immer neu, formt aus bunten Linien, Klecksen und Punkten sein Inneres. Er zieht es aus seiner Seele heraus, packt es, wirft es auf die weiße Fläche, die es gefangen nimmt und es nicht mehr los lässt. Die Leinwand lässt es erstarren, macht es sichtbar. Deutlich zu erkennen für jeden, der nur eine Sekunde lang einen Blick darauf wirft. Der Künstler ringt mit sich, zögert, ob er noch mehr preisgeben soll.

Ist das nicht genug? Macht nicht jeder weitere rote Tropfen alles zunichte?

Er gibt seinem Impuls nach, lässt den nächsten Schwall hinaus. Als würde er alle seine Gedanken und Emotionen hinaus kotzen. Sie zu einem Bild formen. Angewidert sieht er mit prüfendem Blick auf die Leinwand. Seine hagere Gestalt wirkt kraftlos. Mit hängenden Schultern steht er zwei Meter von seinem Werk entfernt. Er schwankt, kann sich nur mit Mühe auf den Beinen halten. Das Malen hat ihm alles abverlangt. Er betrachtet den wild dahin gerotzten bunten Klecks. Undurchsichtig und zugleich eindeutig.

„Das bin vollkommen ich", sagt er in die Stille seines kleinen, spärlich beleuchteten Zimmers und kämpft sich in

Richtung einer mit Farbklecksen übersäten Matratze. Manche sagen, er lebt für seine Kunst. Er selbst bezeichnet sich als armen Schlucker, der nichts anderes gelernt hat. Es ist drei Uhr in der Nacht und er ist ausgebrannt. Tagelang hat der Künstler vor seiner Leinwand gestanden und geschaffen. Verzweifelt. Uninspiriert. Aus reiner Notwendigkeit.

„Ich muss einfach arbeiten!", hatte er mal einem Bekannten erzählt, der bei einer Besichtigung des Zimmers nicht schlecht gestaunt hatte.

Der Künstler verkörperte all das, was der Bekannte nicht war und was er so gerne sein wollte. Unabhängig. Selbstbewusst. Wahrhaftig. Einer, der seinem Drang nach Perfektion nachgab. Einer, der die Schöpfung imitierte - der Bekannte hatte einen Hang zur religiösen Naivität - und so hatte er nicht begriffen, dass er rein gar nichts verstand. Er interpretierte die Worte des Malers falsch. Dem Bekannten war es egal, so lange er denken konnte, was er wollte. Dem Künstler blieb dieser Luxus verwehrt. Stattdessen arbeitete er immer weiter, um Körper und Geist zu beschäftigen. Damit kein Raum für die Erinnerung blieb.

Ein alter Freund hatte einmal Mitleid und stellte die Bilder in seinem Geschäft aus. Es gab eine Vernissage mit Sekt und vielen schlauen Menschen. Allesamt Geschäftsleute und Kunden, die sich gegenseitig auf die Schulter klopften, weil sie den hart erarbeiteten Feierabend mit dem Besuch einer Kunstausstellung krönten. Der Künstler stand verloren wie ein Häuflein Elend in der Ecke. Das Sektglas in der Hand, das ausgeblichene Hemd aus der Hose hängend. Ein älteres Ehepaar erkannte und belästigte ihn mit aufgesetzter Freundlichkeit. Sie standen neben seinem allerersten Bild und warfen sich die Ohs und Ahs wie Tennisbälle zu. Der Mann fragte, wie der Künstler das Werk denn nenne. Der Maler überlegte und betrachte die merkwürdige Mischung aus schwarzen, braunen und gelben Flecken.

„Mist!", sagte er schließlich. „Es heißt Mist."

„Oh", erwiderte der Mann fachmännisch.

Das Paar begann mit einer Diskussion, wie denn der Titel mit dem Dargestellten zu vereinbaren sei. Der Künstler langweilte sich und ging weg. Er verkaufte den *Mist* Minuten später für tausend Euro.

Drei Tage danach bat sein Freund um die Erlaubnis, einen Katalog zu den Bildern anfertigen zu dürfen. Dem Künstler war das egal, also stimmte er zu. Jedoch musste er allen seinen Bildern nun Namen geben. Er überlegte lange. Dann griff er zu den Polaroid-Abbildungen seiner Werke und kritzelte wahllos Wörter auf die Rückseiten. Idiot, Weichei, Memme, Hasenfuß, Schwächling, Jammerlappen. Später rief sein Freund an und fragte ihn, ob die Bilder wirklich so genannt werden sollten. Der Künstler bejahte und Monate später wuchs sein Kontostand um sechstausend Euro an. Frustriert hatte er sich von Neuem an die Arbeit gemacht.

Von seiner Matratze aus wirft der Künstler einen Blick zu dem Bild hinüber. Seine jüngste Kreation. Die Verkörperung seines Drangs. Welchen Namen soll es bekommen? Er steht auf und holt die Polaroid-Kamera. Anschließend nimmt er den roten Stift und schreibt „Feigling" auf die Rückseite des Fotos. Er vergleicht Fotografie und gemaltes Ebenbild. Die Erinnerung an seine schlafende Frau und das Baby überfällt ihn. Wie sie vor ihm im Bett liegen. Der letzte Blick in die ärmliche Holzbaracke, die kaum Schutz vor Wind und Regen bietet. Vergangenheit.

Er war gegangen.

„Ich muss arbeiten!", ruft er in die Einsamkeit seines Zimmers und greift zur nächsten Leinwand. Um sich abzulenken. Um zu vergessen. Um die Schuld abzuschütteln.

Phantomschmerzen

„Ich kann nicht zur Arbeit kommen, mein Bein tut höllisch weh", sagte Jonas und versuchte mit einer gequälter Stimme zu sprechen, die seiner desolaten Verfassung entsprach. Am anderen Ende der Leitung raschelte und schnaufte sein Chef. Er glaubte ihm nicht.

„Das ist das vierte Mal!"

„Ich weiß, es tut mir auch wirklich leid."

„In zwei Wochen!"

„Ich...ich...", stammelte Jonas und klammerte sich am Telefonhörer fest. „Ich habe wirklich starke Schmerzen."

Das war keine Lüge. Seit Donnerstag brannte sein rechter Oberschenkel förmlich, die Haut war feuerrot und fühlte sich an der Stelle wie versteinert an. Bei der kleinsten Regung fraß sich ein Schmerz hoch in seinen Oberkörper. Unter diesen Umständen konnte er garantiert nicht stundenlang im Laden stehen, falls er es überhaupt bis ins Geschäft schaffen würde. Bei Gott, selbst die kurze Strecke zum Telefon hatte ihm Schweißausbrüche bereitet.

„Warst du beim Arzt?"

„Der ist verreist", log Jonas.

„Hat der keine Vertretung?" Jonas biss sich auf die Lippe. Warum konnte sein Chef das nicht einfach akzeptieren? Wie immer musste er sich für jeden Mist bei ihm rechtfertigen. Verdammter Ausbeuter!

„Ich kann nicht zum Arzt gehen. Ich habe nicht genug Geld."

„Kein Wunder...so selten wie du hier aufkreuzt. Jetzt hör mir mal zu Jonas, entweder hast du bis morgen ein Attest - oder du fliegst! Ist das klar?!"

„Ja", sagte Jonas zerknirscht und legte auf. Am liebsten hätte er den Hörer mit voller Wucht auf eine Telefongabel geknallt, um damit seinem Ärger Ausdruck zu verleihen. Aber Telefongabeln gab es schon lange nicht mehr. Außerdem war es nicht sein Apparat.

Niedergeschlagen humpelte er in die Küche, in der Josephine am Tisch saß und sich alle Mühe gab, beschäftigt zu wirken. Sie blätterte durch die bunten Seiten eines Supermarktprospekts, blickte zu ihm auf und lächelte, was Jonas nötigte ihrem Blick auszuweichen. Er war schüchtern.

„Hat alles geklappt?", fragte sie, stand dabei auf und ging zur Kaffeemaschine, um ihm eine Tasse einzuschenken. Er mochte eigentlich keinen Kaffee, nahm die Tasse aber an, ohne sich das anmerken zu lassen.

„Nicht wirklich. Ich denke, ich muss mir eine neue Stelle suchen", erklärte er.

„Oh. Das tut mir leid."

„War eh ein mieser Job. Den ganzen Tag rumstehen und Regale ein- und ausräumen."

„Ach so..."

„Ich finde etwas Besseres."

„Das hoffe ich." Da war es wieder, dieses umwerfende Lächeln von ihr. Jonas verlor sich kurz in ihren braunen Augen, nickte dann und trank einen kräftigen Schluck Kaffee, nachdem er realisiert hatte, welch jämmerliche Figur er abgeben musste. Erst hatte er an ihrer Tür geklopft, um sie darum zu bitten, einmal ihr Telefon benutzen zu dürfen, weil seines „kaputt war". Wahrscheinlich hatte sie ihn gleich durchschaut. Es genügte ja ein flüchtiger Blick auf seine ausgeblichenen T-Shirts, die notdürftig geflickte Hose und die abgetragenen Schuhe, um zu erkennen, dass Jonas ein armer Schlucker war. Er konnte sich kein Telefon leisten. Und jetzt hatte er ihr auch noch erzählt, dass er nicht mehr war, als eine billige Aushilfe. Wahrscheinlich hatte sie auch das Gespräch am Telefon mit verfolgt. Sie war nur zu höflich, um ihn darauf anzusprechen.

„Hast du dich verletzt?", fragte sie.

„Was?"

„Dein Bein. Du humpelst. Und du scheinst Schmerzen zu haben, so, wie du da stehst."

„Nein..., ich meine ja, ich habe Schmerzen, aber ich bin

nicht verletzt. Aber deswegen…also wegen den Schmerzen im Bein kann ich auch nicht arbeiten gehen, da müsste ich den ganzen Tag stehen und Kisten hin und her schleppen."

„Verstehe."

„Das schaffe ich einfach nicht", beteuerte er.

„Damit wollte ich dir nicht zu nahe treten."

„Ich weiß."

„Warum warst du nicht beim Arzt?" Sie hatte das Gespräch also tatsächlich gehört.

„Ich bin nicht versichert. Das kostet eine ganze Stange Geld und dann könnte es ja sein, dass der gar nichts findet."

„Aber wenn du doch Schmerzen hast?"

„Ärzte sind Sadisten, die geben einem das Gefühl, man wäre eine Weichei und schicken einen dann ohne Attest nach Hause. Obwohl es eigentlich klüger wäre, die Sache in Ruhe auskurieren zu lassen. Stattdessen kassieren die lieber ab und geben altkluge Ratschläge."

„Hmm", machte Josephine und sah ihn verstohlen an. Wie sollte er das einordnen?

„Das habe ich alles schon erlebt", sagte er zur seiner Verteidigung. Dann leerte er in einem letzten Zug seine Tasse. „Ich muss gehen. Danke für den Telefonanruf." Er setzte sich bereits in Bewegung, um ihre Wohnung zu verlassen. Der Oberschenkel begann wie wild zu pochen.

„Gern geschehen", sagte sie. Jonas versuchte sich die Schmerzen, die ihm das Gehen bereitete, nicht anmerken zu lassen. Sie öffnete ihm die Haustür, er humpelte hinaus in den kühlen Hausflur, mit einem leisen Klacken fiel die Tür hinter ihm zu.

Scheiße, dachte er, ich habe mich nicht für den Kaffee bedankt.

Es blieb keine Zeit, das zu betrauern, in seinem Bein tobte der Schmerz. Die Muskeln versteiften sich, machten es ihm schwer einen Fuß vor den anderen zu setzen. Er hielt sich am Treppengeländer fest. Nicht mehr als drei Meter lagen zwischen Josephines und seiner eigenen Wohnung. Ein Klacks. Um nicht zu stürzen, klammerte er sich an das Geländer. Seine Hände tasteten sich zittrig vorwärts. Er streckte die Arme aus, beugte den Rücken, vermied dabei jede unnötige Bewegung mit dem Unterkörper. Er schnaufte und schwitze, sammelte Kraft. Mit einem Ruck zog er sich nach vorne, zwang sich, seine Beine zu bewegen. Er schaffte einen Meter. Nur noch knapp ein Meter fünfzig bis zur Tür. In seinem Oberschenkel pulsierte es, er spürte, wie etwas von innen gegen die Haut drückte. Er schlug mit der flachen Hand gegen sein Bein, als könne er damit den Schmerz hinausjagen. Am liebsten hätte er vor Wut geschrien, aber Josephine hätte ihn sicher gehört. Und er wollte nicht noch seltsamer erscheinen als unbedingt nötig. Es war besser, seine Energie auf das Vorrankommen zu konzentrierten, diesen Schub zu ertragen.

Nur noch ein paar Schritte, dachte er.

Wieder wagten sich zuerst seine Hände vor, sein Oberkörper folgte ihnen und senkte sich nach vorne. Sein rechtes Bein zitterte. Jonas ignorierte den Protest seines Körpers, so gut es ging.

Du musst den Schmerz besiegen, lass ihn nicht an dich heran, flüsterte er zu sich selbst.

Jonas zog sich nach vorne, machte den entscheidenden Satz zur Wand. Erleichtert lehnte er sich an seine Haustür, holte mit verschwitzten Händen seinen Schlüssel hervor. Er öffnete die Tür einen Spalt, gerade genug, um sich an ihr vorbei in seine Wohnung zu quetschen. Im Flur ließ er sich mit dem Rücken auf den harten Boden fallen. Er reckte den Kopf in die Höhe, um einen kontrollierenden Blick auf die Haustür zu werfen. Sie war von selbst ins Schloss gefallen. Er war in Sicherheit. Josephine konnte ihn nicht hören. Er schrie vor Schmerzen.

Kaltes Wasser half. Immer, wenn es zu schlimm wurde, legte er sich in die Badewanne. Er zog sich nicht dafür aus, denn er zitterte schon am ganzen Leib, bevor er in die Kälte eintauchte. Aber das Eiswasser betäubte zumindest für kurze Zeit das Pochen und Stechen in seinem Oberschenkel, das ihn so sehr quälte, dass er keinen klaren Gedanken fassen konnte.

Zuerst war es nur ein Zwicken über seinem rechten Knie gewesen, ein lästiges Ziehen, gegen das oft schon ein Kratzen oder leichter Druck halfen. Nichts Besorgniserregendes. Und so war ihm auch kaum aufgefallen, dass mit der Zeit immer häufiger eine Hand auf dem Oberschenkel seine angespannte Haut massierte und bemüht war, das Ziehen und Jucken in seinem Fleisch zu verscheuchen. Nach einigen Wochen fiel ihm das Gehen schwerer. Regelmäßig verspürte er ein Stechen in seinem rechten Bein.

Nur falsch aufgetreten, beschloss er und gab sich alle Mühe, die Symptome nicht weiter zu beachten. Unbewusst aber legte er seine Beine bei jeder sich bietenden Gelegenheit hoch, streckte sie auf dem Sofa aus, zog einen kleinen Hocker neben seinen Schreibtisch, um ihnen darauf Entlastung zu gönnen. Er war sich sicher, dass es sich auf diese Weise von selbst ausheilen würde.

Bei der Arbeit war er das erste Mal gestürzt. Er hatte gerade eine Kiste voller Blechdosen aus dem Lager getragen, als seine Muskeln einfach blockierten und den rechten Fuß von einer Sekunde zur nächsten wie versteinert erstarren ließen.

Er hatte das Gleichgewicht verloren, die Kiste war drei Meter durch die Luft geflogen und mit einem Knall aufgeschlagen. Die aufgeplatzten Dosen waren über den Boden gerollt, ihr Inhalt, die penetrant künstlich riechende Tomatensoße von McCain, hatte sich dabei im Raum verteilt. Jonas war hart aufgeprallt, hatte sich die Kniescheiben aufgescheuert und sich den Arm verrengt. Schlimmer als das waren jedoch das Brennen, Pochen und Pulsieren in seinem Oberschenkel gewesen, die auf dem schmutzigen, von Tomatensoße verklebten Supermarktboden über ihn hergefallen waren. Zwei Minuten später hatte er sich aufgerappelt, die Dosen eingesammelt und den Boden gewischt, während sein Chef wie ein Rohrspatz schimpfend daneben gestanden und ihm allerlei nette Komplimente für sein Missgeschick gemacht hatte.

Um seine Arbeit war es wirklich nicht schade. Insofern hatte er Josephine die Wahrheit gesagt. Doch, ob er wirklich etwas Besseres finden würde, stand in den Sternen. Seine bisherige Karriere reichte über eine Reihe befristeter Aushilfsstellen nicht hinaus.

Er war ein Kletterer. Einer der sich von Job zu Job hangelte und sich so über die Runden brachte. Für mehr reichten sein Talent und seine Ambitionen nicht aus. Es hatte bisher auch so funktioniert. Bis zu dem Tag, an dem er mit voller Wucht in einer Pfütze aus Tomatensauce gelandet war. Niemand würde einen behinderten Träumer einstellen, so viel stand fest. Und für Josephine würde er nie mehr sein, als der seltsame Nachbar, der sich nicht einmal einen Telefonanschluss leisten kann. Doch selbst das lag für ihn in diesem Moment in unerreichbar weiter Ferne. Er konnte sich kaum vorstellen, je wieder aus seiner Wanne zu klettern. Seine Hose, die Socken und das Shirt sogen sich mit Wasser voll. Er kämpfte sich hoch, griff nach dem Hahn, um mehr von dem kühlen Wasser nachlaufen zu lassen, obwohl die Badewanne bereits an ihren Rändern überschwappte. Der Schmerz verschwand nicht.

Aber Jonas konnte nicht zum Arzt gehen. Er ging nie zum Arzt. Früher aus reiner Bequemlichkeit, nun aus Scham, weil er sich eine Behandlung eigentlich nicht leisten konnte. Und da er in wenigen Stunden keine Arbeit mehr haben würde, verschwand auch das Eigentlich. Er lachte über sich selbst. Über das Bild, das er bot. Wie er in seiner Wanne hockte, bibbernd, so gut wie nicht in der Lage sich zu bewegen, wie ein Säugling, der aus dem Mutterleib in die graue, feindliche Welt gerissen wird.

Ich könnte untertauchen, überlegte er. Den Kopf ins Wasser gleiten lassen und nicht mehr sein. Das wäre das Beste. Oder ich bleibe einfach sitzen. Tage. Wochen. Entweder verhungere ich oder ich friere mich in diesem Eiswasser zu

Tode.

Mit seinen Händen massierte er den pochenden Oberschenkel und wusste sogleich, warum nichts dergleichen in Frage kam. Der dumpfe Schmerz würde bleiben. Am Ende wäre er das Einzige was Jonas fühlen würde. Er lachte nicht mehr. Sein Wimmern hallte in dem kleinen, mit grünen Kacheln verzierten Badezimmer nach. Jonas weinte, weil er wusste, was zu tun war. Es war an der Zeit zu drastischeren Mitteln zu greifen.

Nach Minuten oder Stunden – er verlor sein Zeitgefühl - ließ das Pochen nach und es gelang ihm, sich aus der Wanne zu ziehen. Halb betäubt humpelte er in die Küche, seine nassen Klamotten lagen auf dem verdreckten Boden. Er setzte sich nackt auf einen seiner Küchenstühle, die Arme hingen schlapp herab und das rechte Bein ruhte ausgestreckt auf dem Tisch. Er blickte schläfrig auf sein Bein, den vom Massieren und Kratzen roten Oberschenkel. Daneben lag ein langes Küchenmesser. Er hatte es vorher gründlich mit heißem Wasser gereinigt, und anschließend den PVC-Boden in der Küche mit Handtüchern ausgelegt, damit sich die Schweinerei in Grenzen hielt. Jonas hockte auf dem Stuhl, und atmete erst einmal kräftig durch. Zwanzig Minuten lang. Er beobachtete seinen Oberschenkel, es kam ihm vor, als wäre er auf die doppelte Größe angeschwollen. Unter der Haut bewegte sich etwas. Ob es an der Erschöpfung lag? Nur ein Traum? Vor seinem Knie hob sich die Haut an, formte einen kleinen Hügel, der zehn Zentimeter nach links wanderte und dann wieder in sich zusammensank. Er schüttelte ungläubig den Kopf, fühlte sich fiebrig.

Das bilde ich mir nur ein, dachte er. Viel zu lange in der Wanne gehockt. Habe mir dabei irgendwas eingefangen.

Da spielt einem die Phantasie hin und wieder schon Streiche, dachte er, ließ aber davon ab, sich zum Beweis seiner Theorie selbst in die Brust zu kneifen.

Eine neue Schmerzwelle überrollte ihn, strömte von seinem Oberschenkel hoch bis in seine Brust und warf ihn beinahe vom Stuhl. Das befreite ihn aus seiner Lethargie, er reckte sich und ergriff das silbern glänzende Messer mit der rechten Hand, beugte sich vor. Wieder wölbte sich die Haut.

Als lebte etwas in mir, dachte Jonas und wagte es mit der Messerspitze seine Haut zu berühren. Ganz sanft. Vorsichtig. Er hatte Mordsschiss.

Ich habe schon davon gehört, dachte er, Tiere, die sich ins Fleisch fressen, um dort ihre Eier abzulegen. Fliegen sind es, glaube ich, oder Spinnen. Sie suchen eine Stelle aus, legen unzählige Eier ab, dann sterben sie in der Wunde. Sie werden so zur ersten Nahrungsquelle für ihre Nachkommen. Die

Eier sitzen tief im Inneren. Wenn die Haut heilt, werden sie eingeschlossen. Geschützt und gewärmt von meinem eigenen Fleisch. Ich merke gar nicht, wenn sie aufplatzen und sich hunderte von winzigen Parasiten in mir ausbreiten. Sie fressen sich in aller Ruhe an die Oberfläche. Ich wache eines Tages auf, gehe wie immer aufs Klo, putze mir die Zähne und wenn der verschlafene Blick in den Spiegel fällt, sehe ich, wie die Insekten aus der Brust krabbeln, wie sie ununterbrochen einfach so aus mir hinaus fallen wie Wasser, das aus einem gebrochenen Rohr strömt. Tausende von schwarzen, krabbelnden Punkten, die auf dem Badezimmerboden landen und sich ausbreiten.

Aber das kann es nicht sein, dachte er. Wären es Spinnen, dann würde ich nichts spüren. Parasiten haben kein Interesse daran, ihrem Wirt Schmerzen zu bereiten. Aber was ist es dann? Eine Krankheit? Eine Entzündung?

Was würde er sehen, sobald er das Messer in sein Bein bohrt? Eine Suppe aus dickem, gelbem Eiter? Eine stinkende Masse? Verklumpte Brocken abgestorbener Haut?

Wie könnte er sich das eingefangen haben? Eine Geschlechtskrankheit vielleicht? Blödsinn. Schließlich war es schon Monate her, dass er…nein, wenn er recht überlegte war es mindestens ein Jahr her. Aber er lebte in einer Großstadt, da musste er nicht unbedingt selbst Sex haben, um sich anzustecken. Am falschen Ort gegessen, eine verschmutzte Toilette benutzt. Von solchen Dingen hört man immer wieder.

Ein weiterer Schmerzstich ließ ihn aufstöhnen. Es blieb keine Zeit mehr. Brachte auch nichts, sich weiter den Kopf zu zerbrechen. Es war einfach nicht mehr auszuhalten. Seine verschwitzen Hände umklammerten das Messer so fest sie konnten und hoben es hoch. Er probte die Bewegung, schätze den Winkel ab, damit er im entscheidenden Moment nicht abrutschte und sich versehentlich die Kniescheibe zertrümmerte. Er schnaufte. Sein Herz trommelte protestierend. Er hatte keine andere Wahl. Ein letztes Mal hob er das Messer mit beiden Händen in die Höhe, verharrte für Sekunden in dieser Haltung. Und dann stach er mit aller Kraft zu. Das Messer bohrte sich in sein Bein. Er jaulte auf.

Endlich ein anderes Gefühl als das brennende Pochen, dachte er. Eine andere Art von Schmerz.

Die Klinge glitt ein Stück hervor, um im Anschluss tiefer ins Fleisch geschoben zu werden. Jonas stach wieder und wieder zu. Immer weiter bis zur Quelle des Pochens.

Ich schneide es einfach hinaus, beschloss er, ziehe es wie eine lästige Unkrautwurzel aus dem Fleisch. Er biss sich auf die Zähne, röchelte und schwitze, als er den warmen Stahl in sein Bein hämmerte. Blut quoll hervor.

Keine Spinnen, erkannte Jonas benebelt von einer Mischung aus Glücksgefühl und Schmerz. Er wagte, das Messer für einen Moment ganz hinaus zu ziehen. Rote Tropfen fielen von der Spitze hinab und ein Schwall des Saftes quoll aus seinem Oberschenkel. Nicht nur Blut. Eine breiige, grüne Masse vermischte sich damit. Jonas hatte nicht all zu tief geschnitten, dennoch sprudelten unablässig Blut und ein grüne Flüssigkeit aus der Wunde heraus. Erneute setzte er das Messer an und versenkte es in seinem Bein. Sein Kopf lief rot an, Sabber tropfe ihm aus dem Mund und Tränen flossen aus den Augen, während er sich durch Muskeln, Sehnen, Blut und Eiter kämpfte. Die Klinge stoppte unvermittelt. Ein Widerstand.

Der Oberschenkelknochen, dachte er, verwarf den Gedanken aber schnell wieder.

So tief war er noch nicht. Trotz all der Schmerzen hätte er gespürt, wenn das Messer auf seinen Knochen gestoßen wäre. Zur Sicherheit drehte er den Stahl sachte umher. Er zog das Messer ein weiteres Mal hinaus, um es anschließend mit voller Wucht hinein zu rammen.

Da ist etwas in meinem Bein!

Plötzlich bewegte es sich. Vor Schreck ließ Jonas das Messer los. Erstarrt klebte er auf seinem Stuhl, beobachtete seinen vom Blut beschmierten Oberschenkel, aus dem das

Messer ragte. Wieder eine Bewegung. Er entfernte das Messer, versuchte einen Blick auf das Innere der Wunde zu werfen. Dann traf ihn die Wucht der angestauten Schmerzen. Seine Glieder wurden taub, sein Schädel dröhnte und die Küche begann sich um ihn herum zu drehen. Er beugte seinen Oberkörper nach rechts und kotzte auf den Boden. Aus dem Augenwinkel sah er, wie sich lange, grüne Klauen aus seinem Oberschenkel erhoben. Keine Spinnen, dachte er und wurde ohnmächtig.

„Hörst du mich, Jonas?"

Seine Augen kämpften mit der Müdigkeit, nur schwerlich öffneten sie sich und sogleich blendete ihn ein grelles Licht, begleitet von einem Hämmern in seinem Schädel. Brutale Kopfschmerzen. Aus dem weißen Licht schälten sich unscharfe Konturen. Sein Geist war überfordert, ein Schwindelgefühl überkam ihn. Aus seinem Magen stieg ein Brechreiz empor.

„Wenn du mich hörst, beweg den linken Arm", sagte eine Stimme. Es gelang ihm die Übelkeit zu unterdrücken.

Wäre peinlich, sich zu übergeben, dachte er noch, bevor er sich daran erinnerte, wer er eigentlich war. Er drehte seinen Kopf auf die rechte Seite, in die Richtung, aus der die Stimme kam.

Josephine hockte neben ihm, sah ihn besorgt an. Jonas versuchte seinen Arm zu heben, wie sie es gesagt hatte. Er schnaufte vor Anstrengung, denn seine Glieder schienen tonnenschwer zu sein.

„Gut, du hörst mich", sagte Josephine. Noch immer dieser besorgte Blick von ihr.

Das passt, dachte Jonas. Erst präsentierst du dich als ein vertrottelter Versager und dann findet sie dich, wie du hilflos wie ein Baby auf dem Küchenboden liegst. Verletzt und nackt...Nackt!? Ganz beiläufig schlich sich diese Erkenntnis in sein Bewusstsein. Mit Mühe hob er seinen Kopf - von einem Kissen, das Josephine ihm besorgt hatte - und sah an sich herunter. Doch nicht nackt. Er trug die Kleidung, mit der er am Mittag in die Badewanne gestiegen war, durchnässt und schwer lag sie auf ihm. Die Hose war an der rechten Seite aufgerissen. Sein Oberschenkel mit drei Lagen Handtücher umgebunden. Josephine bemerkte die Verwunderung in seinem Gesicht.

„Ich musste es tun", sagte sie und wurde rot. „Du bist gestürzt und hast dir dabei den Oberschenkel verletzt. Ich habe die Wunde abgebunden und zur Sicherheit noch die Handtücher darum gewickelt." Gestürzt? Jonas musterte sein Bein. Hatte er nicht zuletzt in der Küche gelegen? Und die Verletzung? Er hätte schwören können, dass er einen Stich gespürt hatte, mehrere sogar. Oder doch nicht? Es fiel ihm schwer, sich zu erinnern. Sein Schädel tat höllisch weh. Verdutzt warf er einen Blick zu Josephine.

„Ich glaube, dein Kopf hat auch etwas abgekriegt. Mach dir keine Sorgen. Die Wunde an deinem Bein ist nicht tief, es sah schlimmer aus, als es ist. Das viele Blut täuscht." Mit ihrer Hand strich sie über seinen Kopf.

Sicher aus purem Mitleid, dachte er, genoss es dennoch und versuchte, sich auf diese Berührung zu konzentrieren.

„Du machst vielleicht Sachen", murmelte sie und lachte vor Erleichterung, da es ihm besser ging.

„Mein Bein...", keuchte Jonas. „Es...starke Schmerzen. Ich bin in die Wanne, um zu kühlen." Ein warmes Lächeln schmückte ihr Gesicht.

„Und dann...und dann bin ich raus, um..."

Er brach ab. Was dann? Er hatte es nicht mehr ausgehalten. War er aus der Wanne gestiegen. Hatte sich ausgezogen und dann das Messer genommen. Hatte es ins Bein gerammt und etwas herausgeschnitten. So war es doch gewesen. Oder?

Aber er lag nicht nackt auf dem Küchenboden sondern angezogen auf dem Teppich im Hausflur, sein Kopf ruhte auf einem Kissen, das verletzte Bein war versorgt und Josephine saß neben ihm. Sie achtete auf ihn.

Und das ist gut, beschloss er inmitten der Verwirrung. Besser könnte es gar nicht sein.

„Und dann?", fragte sie. Er zögerte kurz, sah in ihre großen, grünen Augen, spürte ihre Hand, die noch immer auf seinem Kopf ruhte.

Grüne Augen, überlegte er, hatte sie schon immer grüne Augen?

„Was ist dann passiert?", sagte sie und riss ihn aus seinen Gedanken.

„Ich weiß es nicht", log er. „Ich muss wohl unglücklich gefallen sein."

„Ja, so sah es aus", bestätigte sie. Sie saß noch zehn Minuten neben ihm, bis er seine Arme und Beine wieder bewegen konnte. Mit ihrer Hilfe stand er auf und trottete ins Schlafzimmer.

„Ich warte in der Küche", sagte sie.

Er streifte seine durchnässten Klamotten ab und zog trockene Sachen an. Er ließ sich auf der Bettkante nieder und dachte nach. Der Schmerz in seinem Oberschenkel hatte sich deutlich abgeschwächt.

Aber warum?, fragte er sich. Weil alles bloße Einbildung war? Oder hatte ich Erfolg und habe ihn aus meinem Bein geschnitten? Weil ich *es* aus dem Bein geschnitten habe. Was war *es* gewesen?

Jonas hatte Mühe, sich an den Augenblick zu erinnern.

Blass kam ihm das Bild von grünen Krallen in den Sinn. Von Echsenbeinen, die sich aus seiner Haut erhoben.

Nur eine Einbildung, nicht mehr als Fantasie, beschloss er. Die Wunde ist doch viel zu klein, das Messer verschwunden. Und wenn ein Tier dieser Größe in der Wohnung umherlaufen würde...Warum denke ich überhaupt über den Blödsinn nach? Ich hatte einen Fiebertraum, oder so. Das ist die logische Erklärung. Als ich aus der Badewanne stieg, muss ich das Gleichgewicht verloren haben. Dabei kann man sich leicht verletzen. Der Schmerz war real gewesen und in meinem Kopf habe ich mir dann diese blöde Geschichte zusammengereimt.

Er humpelte in die Küche, in der Josephine am Küchentisch saß und ziellos in einer Illustrierten blätterte. Aber diesmal ist es meine Küche, dachte Jonas und verspürte ein Glücksgefühl dabei.

„Danke", sagte er und ließ sich auf den freien Stuhl neben ihr fallen. „Dafür, dass du mir geholfen hast."

„Na, du hattest schließlich auch ganz andere Sorgen."

„Wer weiß, wie lange ich da gelegen hätte, wenn du nicht gekommen wärst. Und meinem Bein würde es auch viel schlechter gehen." Er deutete auf den Verband, die Hose hatte er nicht gewechselt.

„Du solltest jetzt mal wirklich zum Arzt gehen", sagte sie

mit ernster Miene.

„Ach, das heilt jetzt von alleine. Die Wunde hast du super versorgt. Es fühlt sich nur noch halb so schlimm an." Er stutzte. „Es fühlt sich wirklich viel besser an."

„Geh zum Arzt, hörst du. Ich leihe dir auch das Geld. Diesmal ist es nötig. Das ist eine richtige Verletzung!"

„Eine richtige Verletzung? Wie meinst du das."

„Ach, nicht so wichtig." Sie wich seinem Blick aus.

„Jetzt sag schon!"

„Ich habe mich falsch ausgedrückt...Das Wichtigste ist, dass du das so bald wie möglich mal von einem Fachmann untersuchen lässt."

„Ja, schon gut. Aber was meinst du mit richtiger Verletzung?", bohrte er nach. Obwohl er kein Recht dazu hatte, nach allem, was sie für ihn getan hatte, bestand er trotzdem auf eine Antwort.

„Also, das mit deinem Bein. Das kam mir so...Ach, das ist doch blöd jetzt." Sie verdrehte die Augen, machte Anstalten sich vom Stuhl zu erheben. Jonas Hand schnellte nach vorne und umfasste ihr Handgelenk. Seine Forschheit überraschte beide.

„Wie kam es dir vor?" Sie setzte sich wieder.

„Jonas, ich will dir nicht zu nahe treten. Aber ich glaube...Könnte es sein, dass du dir die Sache mit dem Bein bloß

42

eingebildet hast?"

„Wie jetzt?"

„Ja, ich weiß nicht. Du konntest mir ja nicht erklären, warum du diese Schmerzen hast und dann deine Weigerung zum Arzt zu gehen. Wenn ich Schmerzen hätte, würde ich immer ins Krankenhaus fahren, egal, ob ich gerade Geld habe oder nicht. Die müssen einen schließlich behandeln."

„Nee, so einfach ist das..."

„Und dann dein Jammern über die Arbeit. Das kam mir schon verdächtig vor. Irgendwie hatte ich den Eindruck...Ich weiß nicht...Ich hatte den Eindruck, du wolltest gerne krank sein."

„Was?" Das kam unerwartet. Sie hatte ihn doch gesehen, sein Leid, wie er sich kaum noch auf den Beinen halten konnte. Er war doch kein zehnjähriger Junge mehr, der vor Mama heult, weil er keinen Bock auf die Französischklausur hat. Jonas wusste, wie sich echte Schmerzen anfühlten. Eben so wie sein Bein vor wenigen Stunden.

„Ich meine ja nicht extra...vielleicht war das ja eher unterbewusst. Du weißt schon."

„Nein, ehrlich gesagt, weiß ich das nicht!"

„So eine Art Phantomschmerz", versuchte Josephine zu erklären und lächelte gequält. „Das gibt es doch, dass einem das Unterbewusstsein einen Streich spielt. Der Körper reagiert seltsam auf Dinge, die uns Sorgen machen. Und dieser Job, von dem du mir erzählt hast...Da kann ich schon verstehen, wenn du da nicht gerne arbeitest."

„Phantomschmerzen?"

„Phantomschmerzen."

Er grübelte. Josephine sah ihn freundlich an. Sie wollte ihn nicht beleidigen. Sie verstand offensichtlich was von solchen Dingen. Von unterbewussten Dingen. Jonas beruhigte sich.

„Jetzt bin ich den Job sowieso los. Mit der Wunde kann ich nun wirklich nicht arbeiten gehen."

„Ja", bestätigte sie, erleichtert darüber, dass er ihr die Vermutung nicht übel nahm. Jonas hatte sie eigentlich noch irgendetwas Wichtiges fragen wollen. Aber er konnte sich beim besten Willen nicht daran erinnern, denn sie strich mit dem kleinen Finger, zärtlich über seinen Handrücken.

In der hintersten Sitzreihe lachten und johlten Schulkinder, die sich über die andere Fahrgäste lustig machten. Die Rentner, die den Bus für ihre täglichen Besorgungen nutzten, ertrugen den Lärm, indem sie ihre gesamte Aufmerksamkeit dem Blick aus den Fenstern widmeten. Zwei Hausfrauen standen neben der hinteren Tür des Fahrzeuges, klammerten sich mit einer Hand an den Halteriemen und pressten mit der anderen Hand ihre überfüllten Einkaufstüten an sich, bemüht nicht das Gleichgewicht zu verlieren, da der Bus unablässig hin und her schwankte. Jonas kauerte auf einem der Plastikschalensitze an der Tür, neben ihm saß eine fette Frau, die ihr schreiendes Balg in den Armen hielt und dessen Geschrei stoisch ertrug.

Acht Stunden, dachte er, in acht Stunden bin ich wieder zu Hause und zurück im Bett. Bei Josephine im Bett.

Sie lebte seit drei Wochen bei ihm und war nur noch ein einziges Mal in ihre eigene Wohnung gegangen. Seit seinem Unfall war sie kaum von seiner Seite gewichen.

„Bis das Bein wieder in Ordnung ist", hatte sie gesagt. Als es soweit gewesen war, hatten beide das Thema tot geschwiegen. Josephine hatte den Haushalt übernommen und aus seiner kargen Wohnung ein gemütliches Nest gemacht. Die Heizung lief pausenlos auf höchster Stufe, dazu hatte sie in jedem Zimmer drei, vier Luftbefeuchter aufgestellt. Das sei gut für die Atemwege, hatte sie behauptet. Er wagte nicht, zu widersprechen, da sie seitdem nicht mehr als einen BH und einen Schlüpfer trug. Nach zwei Tagen gab sie ihm das Gefühl, ihn schon ewig zu kennen. Alle seine Vorlieben, seine Interessen und Schwächen. Es war geradezu unheimlich, wie gut sie ihn verstand. Es grenzte an Telepathie.

Er drückte auf den Halteknopf und Augenblicke später kam der Bus zum Stehen. Jonas schloss sich den Fahrgästen an, die das Fahrzeug verließen. Er schlenderte die Straße entlang, ganz ohne Eile. Er musste zur Arbeit. Josephine hatte dafür gesorgt, dass er ein Attest bekommen hatte.

„Nur zur Sicherheit. Damit der Job noch da ist, solange du noch nichts Neues gefunden hast."

Aus Dankbarkeit - oder vielleicht auch Schuldgefühlen - schleppte er sich daher seit zwei Wochen wieder Tag für Tag zu seiner mies bezahlten Aushilfsstelle im Lebensmittelmarkt. Josephine könnte ohne Probleme jemand Besseren finden, sie musste sich nicht mit ihm abgeben. Sie litt unter dem Samaritersyndrom. Da wollte er nicht so blöde sein und alles vermasseln. Es war nicht immer leicht, wie er zugeben musste. Sie war ganz anders, als er nach ihren ersten Begegnungen vermutet hatte. Sie wusste, was sie wollte. Und sie wollte es oft.

Animalisch, dachte er, das ist das richtige Wort dafür.

Eine ungewohnte Sache für ihn. Und nicht unbedingt immer der Hauptgewinn, wie es zu Beginn den Anschein gemacht hatte. Hin und wieder war er froh, dass er die Bude verlassen konnte, um zur Arbeit zu fahren, eine Zeit lang zumindest. Bis sie ihn wieder mit ihren durchdringenden, grünen Augen ansah.

An der Straßenecke ragte der quadratische Kasten empor, in dem sich der Laden befand. Jonas beschleunigte seine

Schritte, um den Schein von Pflichtbewusstsein zu wahren, obwohl er innerlich bei der Vorstellung verkrampfte, für Stunden diesem miesen Job ausgeliefert zu sein. Das Laufen bereitete ihm keine Probleme. Sein Oberschenkel war verheilt, die Verletzung hatte nicht die geringsten Spuren hinterlassen.

Ich muss Josephine dankbar sein, dachte er und öffnete die Glastür zum Geschäft. Aber eine Sache muss ich sie noch fragen! Sie hat mir immer noch nicht erzählt, wie zum Teufel sie damals überhaupt in die Wohnung gekommen ist.

Noch bevor er diesem Gedanken weiter nachhängen konnte, spürte er ein Pochen im Hinterkopf, das ihn zusammenzucken ließ. Er schüttelte den Schreck ab und betrat den Personalraum. Sein Chef brüllte bereits seinen Namen.

Ich bekomme Kopfschmerzen, dachte er.

Seine Tränen

Oscar hat Gloria erstochen, weil sie nicht mit ihm vögeln wollte. So einfach ist das. Wissen Sie, die Leute reden viel. Verdrehen Tatsachen und spinnen rum, um aus solchen Dingen mehr zu machen, als sie sind. Die können sich nicht vorstellen, dass er einfach mit dem Küchenmesser auf Gloria los stürmte, weil er sich nicht im Griff hatte. Weil er ein verdammter Idiot war, bei dem die Sicherungen wegen jedem kleinsten Scheiß durchbrannten. Ein verdammter, geiler Idiot. Weil seine Frau sich weigerte, ihn an diesem Tag morgens ranzulassen. Manchmal ist das Leben so. Da gibt es nix zu enträtseln. Gloria hat es mir immer wieder erzählt: „Ich glaube, wenn ich nicht aufpasse, erschlägt er mich noch."

Warum sie trotzdem bei dem Riesenaffen geblieben ist? Frauen eben. Meine liegt mir auch ständig in den Ohren wegen dem Haus, dem Job und all dem Scheiß. Aber deswegen wegrennen? Ne, wegrennen geht nicht. Das ist das Letzte. Hier trennen sich die Leute nicht. Und wenn doch wird man seines Lebens nicht mehr froh. Dann lächeln die Anderen, sagen „Guten Tag", erkundigen sich nach der Gesundheit. Freundlich, zuvorkommend und nett mit *diesem Blick*. *Der Blick* reicht. Schlimmer geht es nicht. Das wusste auch Gloria.

Natürlich mache ich mir auch Vorwürfe. Hab nichts unternommen. Aber hätte ich etwa den ganzen Tag Schmiere stehen sollen?

Oscar war dumm, ja. Wusste hier jeder. Fand jeder irgendwie witzig. Also hätte auch jeder andere Schmiere stehen können. Er war dumm und launig, aber ich hätte mir nie träumen lassen, dass er... Hat sich meine Schwester sicher auch nicht wirklich vorstellen können, auch wenn sie davon gesprochen hat. Sie hat immer viel geredet. Das Meiste war nicht so gemeint. Wie sollte dann gerade ich ahnen, dass...meine Schwester mal...nur...wegen dem Ständer ihres Mannes?! Das geht mir schon nahe.

Nachdem er es getan hatte, ging Oscar ins Wohnzimmer, setzte sich in den grünen Ledersessel vor die alte Glotze und, wenn man Karl, dem Bullen, glauben kann, holte er sich erst mal einen runter, um sich abzureagieren. Danach griff er noch einmal zum Messer und malte feine Streifen in seine Arme. Karl meinte, sie hätten ihn so gefunden, mit heruntergelassener Hose im Sessel. Unter ihm eine dunkelrote Pfütze. Um Oscar tut es mir auch leid. Er war trotz allem ein netter Kerl.

Seine Dummheit machte mir nichts aus, wenn er dabei half das Dach zu reparieren, die Wohnung renovierte oder ein Bier ausgab. Er gab sich Mühe, dazu zu gehören. Obwohl alle wussten, dass Oscar nicht ganz richtig im Kopf war. Wir fühlten uns unwohl, wenn er dabei war. Schon als wir Kinder waren. Oscar war schon anders für uns, noch bevor wir begriffen, wann einer nicht mehr alle hatte. Bei Kindern kommt es nicht darauf an. Da kommt es darauf an, wer am stärksten treten kann - den Fußball oder den ätzenden Nachbarsjungen. Deshalb war Oscar immer dabei, wenn wir pfeifend, johlend und fluchend in den Wald marschierten und dabei die schmutzigen Wörter ausprobierten, die wir auf den Gartenpartys unserer Eltern aufgeschnappt hatten. Bei Wind und Wetter gingen wir fünf Jungs in den Wald, der auf uns Halbstarke wie der von Monstern bevölkerte Amazonas wirkte. Alex, Simon, Ben, Oscar und ich marschierten los, trotzten der Wildnis. Wir wussten, in jedem Winkel lauerten Gefahren. Tiger, Löwen, Menschen verschlingende Giftschlangen, die im Gestrüpp des Tannenwäldchens warteten. Daran glaubten wir. Wir waren die Größten, weil wir dennoch in die Dunkelheit zogen, um unsere Mutproben abzuhalten. - Ich weiß noch, wie Ben in meinen Rucksack gekotzt hat, nachdem er zehn fette Regenwürmer fressen musste. Ich schwöre, wir haben die zappelnden Würmer noch in der Kotze schwimmen sehen. - Regelmäßig gab es Prügel, einfach so. Auch da war Oscar immer dabei. Oscar war immer der Stärkste von uns gewesen. Schon damals waren seine Hände

Pranken gewesen, die einen mit einem Hieb von den Beinen schmettern konnten. Jungs machen jede Menge Scheiß, wenn sie klein sind, darauf sollten Sie sich gefasst machen, wenn Sie einen bekommen. Dummheiten gehören dazu.

Ich habe mir als Kind alles gebrochen, was man sich so brechen kann. Ich kletterte auf Bäume, um Simon nur zum Spaß in den Rücken zu springen. Hat nie geklappt. Hätte ihm dabei das Genick zerquetschen können. Stattdessen trug ich die nächsten Wochen einen Gips an meinem rechten Arm. Meine Mutter hat mir danach verboten, weiter mit meinen Freunden rumzuhängen. Aber sobald die Haustür mit einem Knall zufiel, weil sie zur Arbeit musste, lief ich wieder in den Wald. In dem Alter hört man schließlich nicht auf das Geschwätz seiner Eltern. Als der Gips endlich ab war, kletterte ich nochmal. Der gleiche Baum, die gleiche Entfernung, wieder Simon, der linke Arm. Die Jungs lachten sich schlapp. Ben lief vor Schadenfreude die Rotze aus der Nase. Sogar Oscar lachte. Das änderte sich erst später. Aber ich weiß wirklich noch, wie er mal gelacht hat.

Oscar verlor das Lachen, als der Priester bei ihm zu Hause einzog. Heute kann man das ja sagen. Sind ja alle tot, die damit zu tun hatten. Eigentlich war er Oscars Onkel, aber alle nannten ihn Priester, weil er eine Goldkette mit einem Kreuz um den Hals trug, weil er fluchte, schimpfte und mit dem Teufel drohte. Ein alter Mann, viel älter als Oscars Mutter. Er legte seinen hageren, blättrigen Körper oft in den Schaukelstuhl im Vorgarten und betrank sich. Er saß den ganzen Tag da, stand nicht auf, kein einziges Mal. Am Ende des Tages stank seine Hose nach Pisse und Bier. Mein Vater sagte immer, der Priester sei verwirrt.

Seine Schwester hatte den Greis zu sich genommen. Aus Mitleid, obwohl er sie und ihre Familie beschimpfte, ihnen die Haare vom Kopf fraß und das Bier wegsoff. Oscar wurde still, als der Priester bei ihm zu Hause wohnte. Aber die kleinen Idioten, die wir waren, machten sich darum keine Gedanken. Wir stellten uns sich nicht vor, wie knochige, verwelkte Männerhände ihre Spuren hinterlassen. Wir wussten nicht, dass etwas nicht stimmt, wenn die ersten Küsse, die nicht von der eigenen Mutter kommen, nach Schnaps, Zigaretten und Sabber schmecken.

Ich konnte es mir nicht vorstellen. Ich habe es nicht gewusst. Aber ich war auch nicht Oscar.

Die Besuche im Wald nahmen ab. Wir fingen an, uns für andere Dinge zu interessieren. Wie das eben so ist. Wir zogen nur noch ein einziges Mal grölend die Straße entlang ins Grün. Mit neuen Wörtern, die wir nun nicht mehr von unseren Eltern lernten. Vierzehn Jahre alte Jungs, jeder mit einer Bierflasche in der Hand, die schon reichte, damit wir glaubten, betrunken zu sein. Ein heißer, klebriger Sommerabend, mein T-Shirt haftete vom Schweiß durchtränkt an mir. Simon fiel bei dem Versuch rückwärts zu laufen auf seinen Arsch mitten in eine Schlammpfütze und glotzte uns mit seinem pickeligen Gesicht bleich vor Schreck an. Alex pisste sich fast in die Hose vor Lachen. In diesem Augenblick war es das Komischste auf der Welt. Oscar blieb stumm.

Die alte Bande zum letzten Mal vereint. Alex, Simon, Ben, Oscar und ich marschierten wieder in die Wildnis. Zwischen den Bäumen war es düster, bald sah man kaum die Hand vor Augen. In der Dunkelheit schrien wir, lachten hysterisch und warfen uns Beleidigungen an den Kopf. Das beste Mittel gegen Angst ist schließlich die eigene Stimme. Je lauter wir waren, desto weniger bekamen wir von dem mit, was um uns herum geschah. Von den riesigen Tannen, der pech- schwarzen Nacht, den unheimlichen Geräuschen. Unsere Stimmen hallten durch die Baumwipfel, alle unsere Stimmen. Ich rief nach Simon, nannte ihn eine gottverdammte, anal- geile Schwuchtel und gluckste vor Vergnügen, wenn er mich als dreckigen, arschlochpuhlenden Wichsjunkie beschimpfte.

„Gehirndegenerierter Mutterficker!", schrie ich einmal, zweimal, dreimal. Als ich keine Antwort bekam, rief ich seinen Namen. Nur der Wald antwortete mir. Mit einem Male spürte ich die Finsternis, die aufziehende Kälte, das Dickicht der Bäume. Ich hörte den Wind pfeifen, das Knacken von Holz, seltsame Geräusche - hoffentlich von Tieren, dachte ich - und dann hörte ich Oscar schreien.

Ich habe lange nicht mehr an diesen Abend gedacht. Viele Jahre. Fällt mir daher schwer...jedenfalls...Ich hörte Oscars Stimme, lief los, rannte alles um, was mir in die Quere kam. Sträucher, Steine, Bäume. Ich stolperte, verlor den Halt, landete auf den Knien, auf dem Gesicht. Ich schlug hart auf. Der Dreck sammelte sich in meinem Mund, mischte sich mit Blut. Das hielt mich nur Sekunden auf, denn Oscar schrie weiter. Seine Stimme hatte einen quietschenden Ton. So klingen Menschen, die verrückt geworden sind, dachte ich. Doch am meisten machte mir Angst, dass Simon stumm blieb. Blut und Rotze liefen aus meiner Nase, meine Beine brannten, aber ich raste weiter. Nicht aus dem Wald hinaus, wie es Ben getan hatte. Der Pisser hatte die Hosen voll gehabt und das einzig Richtige getan. Ich Dummkopf aber irrte durch die Dunkelheit, schnitt mir T-Shirt und Hose an den spitzen Ästen auf. Ich hoffte, mit Simon wäre alles in Ordnung. Dass er sich nur einen beschissenen Scherz mit uns erlaubte, für den ich ihm die Tracht Prügel seines Lebens verpassen würde.

Ein Schatten kauerte auf dem von Moos bewachsenem

Boden, zitterte unaufhörlich. Seine Schreie verwandelten sich langsam zu einem unerträglichen Gewinsel. Oscar! Ich stürzte zu ihm, schüttelte den Fettwanst und fragte ihn, was zum Teufel passiert war. Keine Antwort. Nur Wimmern und Tränen.

Alex kam keuchend angerannt, sein Blick bestand aus Angst und Ratlosigkeit.

„Da oben!", rief er und deutete mit der Hand in die Höhe vor uns. Vier Meter entfernt ragte ein abgebrochener Baumstamm empor, er war kaum zwei Meter groß. Eine Krone aus spitzen Holzstücken verriet, dass er einmal ein großer, starker Baum gewesen war. Ich kniff die Augen zusammen, um mehr in der Dunkelheit zu erkennen und sah, dass etwas auf den Spitzen lag. Ich stand auf, ging näher heran und spürte plötzlich, wie eine Hand nach meinem rechten Schienbein griff.

Oscar! Er versuchte mich zurückzuhalten. Er sah mich nicht an, vergrub sein Gesicht im Dreck des Waldes, wimmerte ein Kauderwelsch, aber seine Pranke hielt mich fest. - Wäre ich doch nur wie Ben einfach weggerannt! - Stattdessen schüttelte ich seine Hand von mir ab und schlich zum Baumstumpf, der sich wie ein riesiger Pfahl im Schwarz der Nacht empor hob. Ein schlaffer Körper hing auf der Spitze. Nur gehalten von den Ästen, die sich in das Fleisch gebohrt hatten. Weit aufgerissene Augen starrten voller Entsetzen auf mich herab. Der Mund war zu einem Strich zusammengeschrumpft, die Arme und Beine hingen wie durchtrennte Kabel herab.

Das letzte Bild aus unserem Wald. Simons aufgespießter Körper. Und das letzte Geräusch war das Flennen Oscars, der es nicht wagte, sein Gesicht vom Boden abzuwenden.

In der Zeitung hatte gestanden, dass es ein Unfall gewesen war. Der Junge war auf einen Baum geklettert, hatte den Halt verloren und war auf den Baumstumpf gestürzt. Er hatte das Pech gehabt, mit dem Bauch voran auf die spitzen Äste zu fallen, die sich mühelos durch seinen Bauch gebohrt hatten. Es war davon auszugehen, dass der Schock dazu beigetragen hatte, das Leiden des Kindes kurz zu halten. Schon nach Sekunden war der Tod eingetreten. Das Unfallopfer wurde von Freunden gefunden, die zusammen mit ihm im Wald gespielt hatten. Obwohl alle Anwesenden alkoholisiert gewesen waren, konnte niemandem die Schuld an dieser Tragödie gegeben werden. Es handelte sich um ein tragisches Unglück. Solche Dinge passieren einfach. Das hatte die Zeitung geschrieben.

Der Reporter, der auch mich vor der Schule abgefangen hatte, stellte die falschen Fragen zu dem aufgespießten Jungen. Ich hatte ihm deshalb auch nicht erzählt, dass Simon nie kletterte. Der Trottel hatte schließlich Höhenangst gehabt und war eine Niete in Sport gewesen. Er wäre gar nicht auf die Idee gekommen, auf einen der Bäume zu steigen. Ich sagte dem Mann auch nicht, dass Oscar mit Simon alleine gewesen war.

Oscar war immer der Stärkste von uns gewesen. Einer, der mit seinen Pranken jeden Anderen locker durch die Gegend schubste. Ich war mir sicher, wenn Oscar nur gewollt hätte, hätte er jeden von uns in die Luft stemmen können. Keiner von uns hätte eine Chance gehabt, wenn er uns auf diese Weise aus vollem Lauf vier, fünf Meter...Oscar war immer der Stärkste von uns gewesen.

Mit den Jahren geriet Simon in Vergessenheit. Wir wurden erwachsen, verloren uns gegenseitig aus den Augen. Kaum zu glauben in so einem Kaff. Mit siebzehn rannte Ben wieder davon. Diesmal nicht aus dem Wald, sondern gleich raus aus der Stadt. Alex machte seinen Führerschein und starb eine Woche später. Sein Wagen überschlug sich und landete im Straßengraben. Die Straße führt schnurstracks bis in die nächste Ortschaft. Jemand tippte auf Alkohol und alle gaben sich damit zufrieden.

Ich schaffte mit Ach und Krach die Schule, arbeitete die ersten Jahre in einer Autowerkstatt. Ein normaler Job, nichts Aufregendes, er warf gerade genug ab, um über die Runden zu kommen. Ich lernte Anna kennen. In einer langen Nacht mit zu viel Alkohol war uns alles egal. Sechs Monate später wuchs ihr Bauch. Wir kauften ein Haus auf Kredit, wie man es hier so macht. Meine Schwester half beim Einzug. Unsere Eltern interessierten sich nicht mehr für ihre Kinder, nachdem sie ihre Pflicht getan hatten.

Gloria brachte Oscar mit. Ich nahm es hin. Schnell lernte ich zu schätzen, wie geschickt er mit der Säge umging und, dass er wusste, wie man einen Herd anschließt. Er sprach kaum. Arbeit war ihm lieber. Das kam mir gelegen. Gloria und Oscar halfen auch beim Streichen, danach bepflanzten die Frauen den Garten. Wir Männer saßen auf der Veranda und tranken Bier. Ich beobachtete meine Frau, wie sie mit kugelrundem Bauch über den Rasen watschelte und musste lachen, was sie mit einer Grimasse und herausgestreckter Zunge quittierte.

„Weißt du, ich liebe Gloria. Ich hoffe, das stört dich nicht", sagte Oscar und riss mich aus dem Spiel mit meiner Frau.

„Was soll mich daran stören?" Ich musterte ausgiebig das Etikett meiner Bierflasche. Seine Stimme ließ mich unruhig werden.

„Ich denke manchmal an früher", sagte er. „Als wir noch klein waren. Weiß du noch? Als wir immer in den Wald gingen? Da waren wir Freunde."

„Wir waren Kinder." Ich stand auf, meine Flasche war leer und ich hatte ein drängendes Verlangen, für Nachschub zu sorgen. Oscar blickte mich an. Sein Gesicht war bleich, in seinen Augen lag Müdigkeit.

„Wir waren Freunde. Nicht nur du und ich, wir alle. Alex, Ben, du, ich und - Simon. Erinnerst du dich an Simon?"

„Ich hole mir noch ein Bier." Etwas schnürte mir den Hals zu. Er hörte nicht auf, stattdessen stand er auf, folgte mir in die Küche.

„Weißt du, an dem Tag bevor wir das letzte Mal im Wald waren, musste ich auf meinen Onkel aufpassen. Ich sollte ihm helfen, wenn meine Eltern nicht da waren. Dem Priester helfen…"

„Das sind alte Geschichten, Oscar…Willst du auch noch eins?" Ich holte zwei Flaschen aus dem Kühlschrank und reichte ihm eine. Er nahm sie an, blickte mir dabei aber ernst in die Augen. Er machte mir Angst.

„Der Priester brauchte immer Hilfe. Bei allem brauchte er Hilfe", fuhr er fort. „Ich musste aufräumen, kochen, putzen. Er konnte nicht einmal ohne meine Hilfe pissen."

„Eklig."

„Ich musste ihn ins Bett bringen. Mit ihm rein." Peinlich berührt ging ich zurück in den Garten. Unsere Frauen gackerten vergnügt und gruben die Erde für ihre Blumen um. Oscar legte seine Hand auf meine Schulter. Sie war eiskalt. Er ahnte, dass ich kurz davor war, ihn einfach mit seiner Geschichte stehen zu lassen. Lieber hätte ich Blumen gepflanzt, als über diese Dinge zu reden. Dinge, die schon ewig keinen mehr interessierten. Er ließ mich nicht.

„Als wir im Wald waren, da waren wir betrunken, oder?", sagte er mit heiserer Stimme. „Ich kann mich nicht mehr daran erinnern. Nicht so gut, wie an die Stunden vorher beim...Doch wir waren betrunken, glaube ich. Und es war dunkel. Simon lief vor mir her, er wollte mich abhängen. Ihn störte es immer, dass ich dabei war."

„Oscar, ich möchte nicht über Simon reden", murmelte ich.

„Er hat mich Schwanzlutscher genannt!", brach es aus ihm heraus. „Der Arsch hat mich Schwanzlutscher genannt! Dabei war er es doch, der es wollte!" Er schluchzte, seine Hand ließ von meiner Schulter ab.

„Wir sollten zu unseren Frauen gehen." Oscar reagierte nicht. Ich drehte mich zu ihm, wie in Zeitlupe sank er zu Boden. Er hockte auf der Veranda, sah mich an. Tränen strömten über sein Gesicht.

„Ich habe es nicht mehr ausgehalten", flüsterte er. „Wie

konnte er mich so nennen? Wie konnte der alte Mann mich so ausnutzen? Ich war ein Junge, nur ein Junge! Er wusste es. Trotzdem hat er mich einen Schwanzlutscher genannt."

Zögerlich ging ich auf ihn zu, reichte ihm die Hand. Ich wollte, dass er aufstand, bevor die Frauen etwas merkten. Oder bevor was Schlimmes passierte. Er ergriff meine rechte Hand, mit Mühe zog ich ihn hoch, sein verheultes Gesicht kam Zentimeter vor mir zum Stehen.

„Alle haben es gewusst", sagte ich. „Aber vom Wald, davon wussten nur Alex, Ben, Simon, du und ich. Also lass es gut sein. Das ist vorbei. Wir sollten zu Gloria und Anna gehen."

„Nicht der richtige Ort, oder?! Nicht die richtige Zeit, oder?! Hier ist kein Platz dafür. Kein Platz für tote Jungs, für Mörder, für Kinderficker. Die gibt es hier nicht...Ist es nicht so?!" Die Tränen flossen über sein fettes Gesicht. Ein Berg von einem Mann, der auf dem Boden kauerte und vor meinen Augen zerbrach. Aber ich konnte nicht mehr tun, als ihn ins Bad zu schicken, damit er sein Gesicht von all dem Sabber, der Rotze und den Tränen befreite und mich selbst in Sicherheit zu meiner Frau und Gloria bringen.

Wir redeten nie mehr darüber. Von da an blieb es bei Autos, der defekten Heizung und Bier. Ich blendete all das aus, wovon er gesprochen hatte. Ich fuhr ganz gut damit. Ich verdrängte es auch noch, als meine Schwester sagte, sie habe

Angst, dass er sie eines Tages tot prügeln könnte. Ich verdrängte es, als vor einem Monat die Todesanzeige vom Priester in der Zeitung erschien und mir meine Frau erzählte, dass Oscar am gleichen Tag bei uns vor der Tür gestanden hatte, um nach mir zu suchen. Dauernd habe er von einem Simon geredet und sei dann ebenso schnell wieder verschwunden, wie er aufgetaucht war. Eine Woche später lag meine Schwester erstochen in ihrer Küche.

Ich will nicht zu ihrer Beerdigung gehen, denn ich möchte den Mord an meiner Schwester vergessen. Ich will auch diesen Ausdruck in Oscars Gesicht, das Bild wie er auf meiner Veranda hockt und heult, aus meinem Gedächtnis tilgen. Alles ausmerzen, rausschneiden wie einen Tumor. Will mich nicht an seine Tränen erinnern.

Wie kann so einer weinen? Das fragen sich ja alle hier. Wie kann der flennen? Der hat doch seiner Frau ein Messer in den Kopf gebohrt! Wie kann es sein, dass so einer unter uns in dieser Stadt lebte? Warum hat er sie umgebracht? Das sind ganz gewöhnliche Fragen von einfachen Leuten. Solche Sachen passieren hier schließlich nicht. Hier gibt es nur anständige Leute. So einfach ist das.

Die Hitze des Lebens

Meine Gedanken flattern umher wie Blätter inmitten tobender Stürme. Meine Seele findet keinen Halt. Verzweiflung breitet sich in mir aus. Ich sitze in der Finsternis, in einer dunklen Ecke voller Schmutz und Müll. Alle fünf Minuten erbebt die Erde und nur langsam mache ich mir bewusst, es sind die Züge, die über die alte Brücke hinweg donnern. Ich kauere hier, die Beine angezogen, den Kopf in meinem Schoß gesenkt. In der Ferne sehe ich die Lichter, die die Einsamkeit der Stadt lindern sollen. Es stinkt. Der unangenehme Geruch von fauligem Wasser, von Müll und verwesenden Ratten steigt mir in die Nase. Mein Körper bebt vor Kälte. Ich kann Kälte nicht ausstehen. Mir gefällt Wärme.

Ich weiß, das war mein Verhängnis.

Wahrscheinlich bin ich das Opfer eines Komplexes. Mit meinem Kopf ist etwas nicht in Ordnung. Manchmal wandelt sich mein Wesen. Ich kann nichts dagegen tun, bin wehrlos. Ich mag die Hitze des Lebens. Ich spüre sie gerne, möchte im Inneren meines Gegenübers versinken. Lange habe ich mit mir gerungen. Wollte das Verlangen verdrängen. Doch Verdrängen ging nicht. Die Gedanken ließen mich nicht mehr los. Die Sehnsucht wuchs und wuchs.

Als ich mich das erste Mal abreagierte, fühlte ich mich danach elend. Aber der eigentliche Moment, dieser Augenblick des Auslebens hat mir mehr gegeben, als alles andere zuvor in meinem Leben. Zufriedenheit. Befriedigung. Ich rede mir selbst ein, es sei nicht sexuell. Doch die Erinnerung an jenen Abend beweist das Gegenteil.

Es geschah mitten auf einem großen, weiten Feld. Wir waren allein. Nur ich, das Pferd - und die Dunkelheit. Meine Arme wurden Teil dieses stolzen Tieres. Vorsichtig hatte ich es aufgeschnitten und nichts war schöner, als die Wärme in den Organen dieses Geschöpfes zu spüren. Obwohl die Kreatur nach wenigen Minuten tot war, hielt die wohlige Wärme noch lange an. Es stank auch nicht. Der üble Geruch entsteht erst, wenn es länger tot ist.

In meinen Träumen bade ich gerne im Blut, ich mache es mir in Eingeweiden bequem. Umgeben von Fleisch, das noch atmet, pulsiert, sich wehrt. Das dagegen ankämpft, dass ich ein Teil von ihm werde. Es ist wie ein Rausch.

Ich habe mit mir gerungen. Es fiel mir wirklich nicht leicht. Aber ich sehnte mich schon lange nach einem Menschen-körper. Mein Gewissen war früher stark, was diese Sache anging. Es ist schließlich falsch, einen Menschen zu töten. Aber das Schlachten von Pferden und Kühen verschaffte mir kein Vergnügen mehr. Es ist erschreckend, wie schnell die Freude an banalen Dingen zur Gewohnheit verkommt. In der Ferne schreien Sirenen. In meinen Gedanken sehe ich schwarz gekleidete Männer aufgebracht über die Straßen stürmen. Sie sind auf der Suche nach ihrem Monster. Nach der wild wütenden Bestie. Verdrängen ging nicht mehr.

Es fing vor acht Stunden an. Dieser schöne Körper...ein makelloser, nackter Frauenkörper. Ich habe es nicht richtig gemacht. Sie war noch wach und merkte, was ich mit ihr anstellte. Sie schrie. Mein Messer traf nicht die korrekte Stelle und der Schrei schwoll zu einem grausamen Geheul an. Verdammtes Miststück! Nur deswegen sind sie mir auf den Fersen. Nur weil diese Frau sich nicht zurückhalten konnte!

Die Anderen zuvor hatten keinen Ärger gemacht. Ich mag es nicht, wenn sie etwas merken. Wenn sie heulen und winseln. Am liebsten ist mir, wenn sie schlafen. Schlafende Menschen sind wundervoll. Umwerfende, pure Schönheit. Aber Lyla schlief nicht lange genug. Und jetzt liegt ihr vom Augenblick des Todes gezeichneter Körper wie versteinert neben mir. Ich habe sie mit unter die marode Brücke geschleppt. Hätte ich nicht tun müssen. Hätte sie auch zurücklassen können. Aber wenn sie uns so finden, dann wissen sie sofort Bescheid. Die Suche hat ein Ende. Ihr Monster ist hier. Das Ungeheuer gefasst. Auftrag erledigt.

Ich wähle den Schritt des endgültigen Vergnügens. Ich fürchte mich ein wenig. Ein letztes Mal werde ich die wohlige

Wärme von Blut und Eingeweiden spüren, bevor mich die Kälte überfällt. Die Dunkelheit wird über mich herfallen wie ein gieriger Raubvogel über seine Beute. Das ist meine verdiente Strafe. Ich versuche mich damit zu trösten, dass ich meine Hände in meinen eigenen Körper bohre. Doch die Tränen kann ich nicht zurückhalten.

Ich fühle mich nicht wie ein Monster! Bin nicht viel anders als Ihr. In unserem Innersten sind wir doch alle wilde Tiere... Aber ich bin bereit, meiner Natur freien Lauf zu lassen! Dafür bestrafe ich mich selbst! Weil Ihr genau das von mir erwartet.

Ich schenke Euch die Genugtuung.

Ein Störenfried

„Beschissenes Drecksvieh!", brüllte Janus, ruderte wild mit den Händen in der Luft und erstarrte dann augenblicklich in seiner Bewegung. Hatte er sie endlich erwischt?

Szzzzzzzzz. Das penetrante Surren vertrieb die Stille in der winzigen Raumfähre und machte seine Hoffnung zunichte. Szzzzzzzzzzz. Widerwillig schluckte Janus seine Wut über das Insekt hinunter und konzentrierte sich stattdessen auf die Monitore der Steuerkonsole.

Dieses Ungeziefer kann mich mal, dachte er und bemühte sich den Störenfried zu ignorieren.

Doch mit jedem Surren, das in seinen Ohren widerhallte, jede Sekunde, die der kleine, schwarze Fleck durch die Luft sauste, ging die Konzentration verloren und der Ärger brach wieder aus ihm heraus. Seit sechs Tagen war er nun schon unterwegs. Das kleine Raumschiff sollte ein Ort der Ruhe, der Besinnung sein. Ein Platz an dem er ungestört forschen konnte. Aber die Fliege hatte sich vor dem Start des Schiffes irgendwie an Bord geschlichen. Sie ließ Janus seither keine Ruhe, verspottete ihn mit ihren Flügelschlägen und den unvorhersehbaren Flugbahnen, die sie unablässig und pfeilschnell vollführte. Sie besaß die Frechheit auf ihm zu landen, es sich auf seinem Kopf, seinen Armen, seiner Schulter, seinem Bein und manchmal gar auf seinem Gesicht bequem zu machen. Ihre drahtigen Beinchen tänzelten über seine Haut, bahnten sich den Weg durch seine Kopfbehaarung, bis Janus es nicht mehr aushielt und die Fliege bei Tobsuchtsanfällen verjagte. Nur für Augenblicke hielt sie sich fern, ehe sie ihn wieder zielstrebig ansteuerte. Dieses unverschämte Ding! Er machte sich Vorwürfe. Wie hatte er nur so unachtsam sein können? Wie hatte er zulassen können, dass das Ungeziefer an Bord gelangt war? Und er kam sich tollpatschig vor, weil jeder Versuch das Tier zu fangen oder mit der Hand zu erschlagen, fehlschlug. Er hockte in einem milliardenschweren Haufen Elektronik, war der Herr über einen der leistungsfähigsten Computer, der je gebaut worden war. Er, der zu den angesehensten Wissenschaftlern der Galaxis zählte. Und es gelang ihm noch nicht einmal, diesen Störenfried zu beseitigen!

Mit jedem Tag vernachlässigte Janus mehr und mehr seine Pflichten und kauerte stattdessen auf seinem Stuhl, starrte in den Raum und kniff die Augen zusammen, um einen Blick auf das Insekt zu erhaschen. Er studierte die grotesken Augen, ihren pechschwarzen, mit feinen Härchen geschmückten Körper und die seltsamen Flügel. Ein faszinierend widerliches Erscheinungsbild. Die Fliege suchte seine Nähe. Wie sonst war zu erklären, dass sie ihn ständig behelligte? Immer wieder um seinen Kopf herum schwebte?

Die Fliege fühlt sich wohl einsam, dachte Janus. Aber im Gegensatz zu ihm schien sie mit der Einsamkeit nicht zurechtzukommen. Janus war überzeugt, dass sie ihn aus diesem Grund provozierte, sich das Tier nach seinen Schlägen sehnte. Er gab sich alle Mühe, sich nicht auf dieses Spiel einzulassen. Er schlich nur jede halbe Stunde wie ein Verrückter durch das Schiff, um vergeblich nach dem Insekt zu schnappen. Mehr seiner kostbaren Zeit schenkte er ihr nicht und er begnügte sich anschließend damit, die Fliege zu verfluchen, bei einem ihrer regelmäßigen Angriffsflüge hin und wieder nach ihr zu schlagen und sie finster anzufunkeln.

Szzzzzzzzzzzzz...

Ein Jaulen riss ihn aus dem Schlaf. Der Computer schlug Alarm. Das Bett vibrierte und Janus wurde zwischen den Laken hin und her geschleudert. Verwirrt sah er sich um, versuchte seine Sinne zu ordnen. Das Schiff?! Etwa ein Angriff? Ein dumpfer Knall und damit verbunden das panische Zittern der Raumfähre. Kein Zweifel: Es wurde getroffen. Nur wovon? Er klammerte sich ans Bett, wartete geduldig ab, bis die Erschütterung nachließ und sprang dann mit einem Satz auf, rannte zur Steuerkonsole, um die Statusanzeigen des Computers zu überprüfen. Kein Angriff, stellte er beim entschlüsseln der Zahlen auf den Monitoren fest. Er war in einen Asteroidengürtel geraten, der sein kleines Gefährt ordentlich durchschüttelte.

Ich muss hier raus, bevor ein wirklich großer Brocken durch die Schiffhülle einschlägt, dachte er, wohlwissend, dass dies sein sicheres Ende bedeuten würde.

Er schnallte sich auf den Sitz vor dem Steuerrad an und betätigte die manuelle Kontrolle. Nur mit Mühe hielt er das Schiff auf Kurs, wich Gesteinsbrocken aus und konnte doch nicht verhindern, dass drei kleine Asteroiden auf sein Gefährt aufschlugen. Sein Herz pochte vor Aufregung, heißer Angstschweiß rann seinen Rücken hinunter. Und immer wieder der ohrenbetäubende Knall, wenn er einem der Asteroiden nicht mehr ausweichen konnte.

Endlich sah er das Ende des Feldes, beschleunigte den Flug und hatte den Schrecken fürs Erste überstanden. Janus stieß einen Seufzer der Erleichterung aus und veranlasste den Bordcomputer dazu, einen Sicherheitscheck durchzuführen. Die künstliche Intelligenz überprüfte jede einzelne Schraube des Schiffes, wobei die Schaltkreise rhythmisch klackerten. Janus lehnte sich in seinem Stuhl zurück und blickte erschöpft durch die Frontscheibe. Vereinzelt glimmten Lichtpunkte im tiefschwarzen All auf. Sie glichen Leuchtfeuern weit entfernter Häfen in einer finsteren, stürmischen Nacht auf See.

Szzzzzzzzzzz, summte die Fliege neben seinem rechten Ohr.

Janus studierte die Messergebnisse verschiedener Proben, die als lange Zahlenreihen auf dem Bildschirm des Bordcomputers aufflackerten. Strahlung im Raum, Entfernungen der Himmelskörper und der Planeten dieser Galaxis. Er machte Notizen, vermerkte die relevanten Details und dokumentierte seine Arbeitsvorgänge gewissenhaft. Zu gern hätte er die Ergebnisse gleich an die zuständigen Stellen weitergeleitet, aber beim Abstecher in das Asteroidenfeld hatte es das Kommunikationsmodul zerrissen. Alle Nachrichten, die er seitdem erhalten hatte, waren im digitalen Nirwana verschwunden. Auch nach den ersten, provisorischen Reparaturen, war kein Verlass auf die Technik. Manche Signale kamen an, andere nicht. Ihm blieb nichts anderes übrig, als stumm zu arbeiten.

Szzzzzzzzzzz. Das verfluchte Surren! Instinktiv reckte er seine Hände in die Höhe, holte aus und schlug zu. Dann blickte er wieder auf die Anzeigen, wollte bereits damit fortfahren, seine Forschungsergebnisse aufzuzeichnen...Doch etwas war anders.

Er hob den Kopf, lauschte. Er stand auf, sah sich um, ging

ein paar Schritte, nahm die Wände und die Decke seines Schiffes in Augenschein. Der schwebende Fleck war nirgends zu sehen, kein Surren mehr zu hören. Die Fliege - weg!

Ich habe sie erwischt, dachte Janus und zupfte nachdenklich an seinem Bart. Kann das wirklich sein? Habe ich sie einfach so getroffen? Er musste sie mit seiner letzten Bewegung erschlagen haben.

Er ließ sich auf die Knie fallen. Den Rücken gebeugt, robbte er über den kalten Fußboden und suchte ihn nach dem Insekt ab. Irgendwo musste der Körper des kleinen Passagiers liegen. Seine betagten Augen schmerzten vor Anstrengung. Es dauerte zehn Minuten, bis er die Fliege fand.

Die winzigen Beinchen hatte sie im Augenblick ihres Todes vor Schreck eng an den Körper gezogen, das schleimige Fliegenblut quoll aus ihr hinaus, die Flügel waren zerrissen. Janus betrachtete die Überreste des Ungeziefers, welches ihn so oft in Raserei versetzt hatte. Er war allein. Endlich herrschte Ruhe. Es gab nur noch eine einzige Lebensform auf diesem Schiff. Er musste sich setzen. Sein Magen verkrampfte sich, ein stechender Schmerz durchfuhr ihn.

Muss von der ekligen Fertignahrung kommen, beschloss er, griff mit den Fingerspitzen nach dem Kadaver der Fliege und trug ihn in die Schiffskombüse, die aus nicht mehr als einem Tisch und einem Waschbecken in der Wand bestand.

Mit einer Handgeste aktivierte er den Müllcontainer, der aus dem Boden hervor schnellte und seine Gabe erwartete. Janus blickte ein letztes Mal auf seinen Störenfried, der ihn die letzten sechs Tage begleitet hatte.

„Hättest dir bestimmt auch nie träumen lassen, dass du mal auf diese Weise stirbst, was?", sagte Janus, bevor er der Fliege die letzte Ehre erwies und sie mit Schwung in den Mülleimer warf. Danach ging er zur Steuerkonsole des Schiffes, notierte das Ableben des Insekts im Logbuch und wandte sich wieder seiner Forschung zu. Endlich ungestört.

Mit einem schrillen Piepsen meldete der Computer die bei der Statusabfrage festgestellten Unregelmäßigkeiten. Die Außenhülle des Schiffes war stark beschädigt, überstand aber im Zweifelsfall noch eine Landung. Triebwerk Zwei hatte es hinter sich und der angeschlossene Treibstofftank einen Teil seines Inhalts in die Weiten des Weltalls entschwinden lassen. Janus runzelte die Stirn und kalkulierte die mögliche Route, die er mit den letzten Reserven noch hinter sich bringen könnte. Das Ergebnis überraschte ihn nicht. Er hatte keine andere Wahl, als beim nächsten erreichbaren Ziel zu landen, dort die Reparaturen durchzuführen und seine Vorräte auf-zufüllen. Das intuitive Schiffssystem erkannte den Zweck seiner Rechnerei und präsentierte ihm sogleich eine holographische Sternenkarte, die ihm verriet, wo er sich überhaupt befand.

War ja klar, dachte er, am Arsch der Galaxis. Wenigstens gibt es eine bewohnte Welt in der Nähe.

Eine dreidimensionale Projektion des in Frage kommenden smaragdgrünen Planeten erschien vor ihm auf dem Armaturenbrett. Wasser und Sauerstoff waren vorhanden und hatten, wenn die Daten des Computers korrekt waren, sogar eine Form intelligenten Lebens hervorgebracht. Die dominierende Spezies verfügte über eine Sprache, verschiedene Schriftsysteme und eine primitive Form der Technologie. Der Erstkontakt mit Menschen lag über vierzig Jahre zurück. Die üblichen gewaltsamen Auseinandersetzungen waren bereits ausgetragen und die Zivilisation seitdem Mitglied im Planetenbund der Erde. Die fremden Lebewesen waren also dazu verpflichtet, ihm zu helfen. Zu seinem Glück funktionierte die Übertragung wieder. Janus sendete ein Notsignal mit der förmlichen Bitte um Landerlaubnis. Dann übergab er die Steuerung an den Autopiloten, der den neuen Kurs einprogrammierte. Das verbliebende Triebwerk zündete und das Schiff glitt seinem rettenden Hafen entgegen.

Eine Stunde später blinkte der Bildschirm der Steuerkonsole vor ihm auf. Die Antwort auf seinen Notruf. Mit einem

Fingerzeig befahl er dem Computer, die Nachricht abzuspielen.

„Bestätigung der Nachricht des Erdenschiffes 13-B-8309. Wir grüßen Sie", sagte eine blecherne Stimme. Es war das Übersetzungsprogramm der Raumfähre, das die für ihn unverständlichen Laute der Außerirdischen monoton wiedergab.

„Hiermit erteilen wir Ihnen die Landeerlaubnis. Wir freuen uns, dass Sie Ihr Weg so früh zu uns führt. Terra hat uns bereits über den zeitweiligen Ausfall Ihrer Kommunikationssysteme in Kenntnis gesetzt. Wir befürchteten schon, man hätte versäumt, Sie über die Änderung Ihrer Route und die Ankunft des Sohnes unseres verehrten Botschafters auf Ihrem Schiff zu informieren. Wir hoffen, die plötzliche Anwesenheit des Jungen hat Sie nicht zu sehr irritiert und, dass er keine zu große Last für Sie ist. Trotz seiner edlen Herkunft ist er auch nur ein Kind, welches die Erwachsenen mit Vergnügen ärgert. Bei Ihrer Ankunft wird für alles gesorgt sein. Ende der Nachricht."

Sohn des Botschafters? In Janus machte sich ein Unbehagen breit. Er ließ die Mitteilung ein zweites Mal abspielen. Ein drittes Mal. Er hatte sich nicht verhört. Mit einer Handbewegung veranlasste er den Computer, ihm Abbildungen der Eingeborenen seiner Zielwelt zu präsentieren. Janus

75

wurde kreidebleich, nur um ganz sicher zu gehen, wiederholte er seine Eingabe.

Sie besaßen je vier drahtige Beine, ihre Körper waren übersät von schwarzen, dicken Haaren. Aus den Rücken ragten riesige, von einer nahezu durchsichtigen Membran überzogene Flügel hervor, die im Licht wie Glas schimmerten. Auf ihren Schädeln reihte sich Auge an Auge. Unzählige von Insektenaugen. Anstelle eines Mundes besaßen sie Rüssel. Er sackte in seinem Stuhl zusammen und sah zur Kombüse hinüber.

Sie werden sie finden, dachte er. Diese winzige Schmeißfliege der Sohn eines extraterrestrischen Botschafters? Und ich habe ihn ermordet! Oh, diese Kreaturen werden es mir heimzahlen wollen. Sie werden ihn rächen, mir den Garaus machen, ein Exempel statuieren. Vielleicht nehmen sie eine gigantische Fliegenklatsche, erschlagen mich damit? Wie man es mit lästigem Ungeziefer eben so macht.

Er löste den Gurt und trottete zur Kombüse. Aus dem Kühlschrank holte er eine Flasche Schnaps, ging zur Sichtluke, starrte in den Weltraum und kippte den ersten Schluck Alkohol hinunter. Niedergeschlagen versank er im Leder des Stuhls vor der Steuerkonsole und klammerte sich an die Schnapsflasche.

Ich bin ein Mörder, dachte er. Und damit so gut wie tot.

Entweder sterbe ich hier im All, verhungere sobald meine Vorräte aufgebraucht sind oder ich lande auf dem einzig erreichbaren Planeten. Auf dem Planeten dieser Insektenwesen. Mit dem Sohn ihres Botschafters in meinem Mülleimer.

Er nahm einen weiteren Schluck. Seine Kehle brannte und er schüttelte sich. Eine gelungene Henkersmahlzeit. Janus kicherte. Dann leerte er die Flasche in einem Zug.

Spiel-Trieb

Manchmal quiekte sie dabei. Ein heller, hoher Ton, der zugleich aus Entzücken und einem Hauch Schmerz entsprang. Sobald er den Laut hörte, presste David sein rechtes Ohr an die kalte Zimmerwand. Er horchte jeden Abend - schon sechs Wochen lang. Er wollte keine Sekunde von ihrem Spiel verpassen.

Eine anspruchsvolle Aufgabe, denn oft störten unerwünschte Nebengeräusche. Das Knacken der eingerosteten Heizungsrohre, Stimmen auf dem Hausflur, knallende Türen, Getrampel. Daher scheute er jede Bewegung, die seinerseits zu Lärm führte und somit die Gefahr barg, das zu übertönen, worauf es ihm ankam. Schon das Umblättern einer Buchseite glich in diesen Momenten dem Aufprall einer Welle auf eine Felsbrandung.

David erkannte *sie* sofort an dem vertrauten Poltern, das ihre Schritte durch das Haus auslösten. Die Türen wurden - wie üblich - brutal zugeworfen. Ein dumpfes Dröhnen verriet ihre Wege.

Sie streift wieder rastlos durch die Wohnung, dachte David. Sein Herz pochte. Glücksgefühle durchströmen ihn. Auf allen Vieren krabbelte er an der Kopfseite seines Bettes entlang, lehnte sich an die Wand. Das rechte Ohr wanderte über den rauen Stein, auf der Suche nach der besten Position. Mit ihm hörte er am besten, wie er vor langer Zeit festgestellt hatte. Das Stampfen verstummte.

Sie hat die Schuhe ausgezogen, begriff er. Dann sprudelten mit einem Male Stimmen aus der Nachbarwohnung. Sie krächzten, schrien und johlten, nur unterbrochen von einem Gemisch aus Lärm und hallender Musik. Es überraschte ihn schon lange nicht mehr. Das späte Heimkommen und ruhelose Umherstreifen durch die eigenen vier Wände gehörten zu ihren Angewohnheiten.

Wie immer wird der Fernseher noch eine halbe Stunde laufen, bevor sie für eine Weile im Bad verschwindet, rief er sich in Erinnerung. Im Anschluss vielleicht noch ein kurzes Telefongespräch. Aber danach...

Es gab keinen Grund zur Panik, nicht den geringsten Anlass zur Sorge. David wusste, wann er mit ihr rechnen konnte. Er hätte gar nicht stundenlang in seinem Zimmer hocken müssen, um auf ihren gemeinsamen Moment zu warten. Doch das Ausharren gehörte dazu. Freudige Erwartung auf das, was sie ihm völlig arglos präsentierte. Dafür verdiente sie seine volle Aufmerksamkeit. Nur auf diese Weise konnte er es richtig genießen.

Der Fernsehapparat verstummte und sie tapste in ihr Badezimmer. Er glaubte zu hören, wie sie noch im Gehen den

Reißverschluss ihrer Jeans öffnete, die Hose auszog und zu Boden fallen ließ, bevor sie die Badezimmertür mit einem Knall erzittern ließ. Wasserrauschen dröhnte zu ihm herüber. Sie duschte schließlich jeden Mittwochabend, wenn sie vom Sport wiederkam. David geduldete sich, bis sie die Körperpflege abgeschlossen hatte. Es musste ihn nicht beunruhigen, wenn das mehr als zwanzig Minuten in Anspruch nahm.

Sie tat es nie im Badezimmer.

Wie üblich sprang als nächstes der Fön an. Die Tür in der Nachbarwohnung öffnete sich bald darauf wieder und sie kehrte in ihr Schlafzimmer zurück. Ein Kichern verriet gute Laune, verzückte ihn, zauberte ein erwartungsvolles Lächeln auf sein Gesicht. Sie sang ein paar englische Wortfetzen. Sie war nicht sehr textsicher und verlor sich bald in Summen und Murmeln.

Sie lässt sich in ihr Bett fallen, dachte David, streckt und vergräbt ihren Körper in den weichen Kissen.

Sie summte weiter...

Ihre Stimme wurde leiser...

Verstohlener...

David drückte seinen Kopf mit aller Kraft an die Wand.

Sie drehte sich unruhig hin und her...

Hauchte...

Seufzte!

David hörte, wie sie sich bewegte, die richtige Position suchte. Sein Herzschlag stieg ihm zu Kopf. Er ärgerte sich, denn sein stürmischer Puls hallte in seinem Schädel nach und drohte ihre Stimme zu überlappen. Sein rot glühendes Ohr verschmolz mit der Wand. Sein Körper bebte.

Ihr Seufzen wanderte durch die Wand zu ihm...

Begleitet vom Knarzen des Bettes...

Sie windete sich darin...

Sie stöhnte!

Zärtlichkeit, Unschuld und Lust teilten sich den Laut. Als wollte sie die Erregung unterdrücken. Als wollte sie sich selbst bezwingen.

Ein Teil des Spiels, dachte David. Seine Gedanken rasten, setzten immer neue Bilder in seinem Kopf zusammen. Jedes Geräusch aus dem Nachbarzimmer ließ die alte Vorstellung zusammenfallen und etwas Neues entstehen, Momentaufnahmen von ihrem Körper, der mal nackt, mal halb von einem Handtuch bedeckt, auf einem Bett lag.

In Gedanken sah er sie vor sich. Sie lag mit angezogenen Beinen da. Genoss jeden Zentimeter ihrer Haut, wiegte sich hin und her, versank in ihrem Körper, fand ihren Rhythmus.

Sie keuchte. Ein genussvolles, tiefes Aufstöhnen unterbrach ihr hektisches Atmen.

Er konnte sich nicht mehr halten. Die Geräusche vermischten sich mit den Bildern in seinem Kopf. Er schloss die Augen, stemmte sich gegen die Wand, in der irrsinnigen Hoffnung, der Beton würde nachgeben und er zu ihr ins Bett stürzen.

Sie stöhnte in kürzeren Abständen...

Lauter...

Vergaß alles um sich herum...

Gab sich keine Mühe mehr, unentdeckt zu bleiben...

David pochte. Ihre Stimme machte ihn verrückt.

Er stöhnte mit ihr - und erstarrte augenblicklich.

Es war kein schüchterner Ton gewesen. Er hatte lauthals gestöhnt. Sie hatte es gar nicht überhören können. Ihm wurde schwarz vor Augen, Panik breitete sich in ihm aus und ließ ihn versteinert an seiner Zimmerwand kleben.

Aus der Wand kroch ein Keuchen. Ihr Atem blieb flach.

Sie hat mich ertappt, begriff er. Das Spiel ist aus. Seine Anspannung lockerte sich, er sackte zusammen, sammelte sich kurz und erhob sich dann schuldbewusst. Ein neues Stöhnen erklang. David verharrte in seiner Bewegung.

Sie machte weiter. Aber anders als zuvor. In kürzeren Abständen, mit deutlichen Pausen.

Das nächste Stöhnen! Noch lauter, langgezogen und auffordernd. David robbte zurück an seine Wand, aus der ihre Stimme ertönte - aufdringlich, aggressiv. Und er verstand.

Zaghaft stimmte er ein. Sie antwortete ihm mit einem tiefen, lustvollen Schrei. Gemeinsam peitschten sie sich an, wechselten in der Führung, schaukelten sich gegenseitig hoch. Die Scham war abgelegt. Klarer als je zuvor sah er ihr Bild vor sich, gab nach und verlor jede Hemmung. Bis alle Anspannung in einem Augenblick zerfloss.

David lag nach Luft schnappend zwischen den zerwühlten Laken, das Blut rauschte in seinen Ohren, sein Körper zitterte vor Aufregung, ihm war schwindelig. Glück durchströmte ihn, doch wagte er nicht, auch nur ein Wort zu sagen. Ein weiteres Mal fiel die Badezimmertür in der Wohnung gegenüber zu und in der Ferne hörte er das Wasser aus dem Hahn sprudeln. Das Tippeln müder Schritte drang durch die Wand, gefolgt vom Knarzen des Lattenrosts – und einem zufriedenen Seufzer. Stille machte sich breit.

Sie schläft, begriff er.

David jedoch starrte mit weit aufgerissen Augen seine Zimmerdecke an.

Hochhackige Schuhe. Sie machte einen Heidenlärm, wenn sie mit ihnen über den Holzfußboden im Schlafzimmer lief. Ein unangenehmes Geräusch, das jeden klaren Gedanken vertrieb und seine gesamte Aufmerksamkeit auf sich zog. Für einen Moment hegte er die naive Hoffnung, es sei ein Zufall.

Sie wäre verabredet; ein wichtiges Geschäftsessen. Nur deswegen habe sie sich fein herausputzen müssen. Mit einem engen, verführerischen, blauen Kleid und Pumps, die zugleich Weiblichkeit und Dominanz ausstrahlten.

Sie lief zwei Stunden mit den Schuhen durch die Wohnung. David konnte ihre Wege in die Küche, ins Bad und wieder zurück ins Schlafzimmer lückenlos verfolgen. Aber dieses Mal legte er es gar nicht darauf an. Die Erfahrung der letzten Nacht hatte ihn verunsichert. Er wollte keinen Fehler machen und verhielt sich ruhig. Das Klacken der Schuhe auf dem Holz brachte ihn aus der Fassung. Er sah auf die Uhr – 00:30 Uhr. Sie würde an diesem Abend nicht mehr ausgehen. Die Schuhe waren für ihn.

Vielleicht trägt sie nichts Anderes, überlegte er und wusste im selben Moment, dass sie genau solche Gedanken bei ihm wecken wollte. Sie spielte mit ihm.

David beschloss, die nächsten Tage länger im Büro zu arbeiten, ging die Abende anschließend ins Kino oder in eine Kneipe. Es half nicht. Sobald er nach Hause trottete, die Tür hinter sich zuzog und im Flur Jacke und Schuhe auszog, sprang sie an. Sofort dröhnte aus der Nachbarwohnung der Fernseher, die Türen knallten und ihre Schritte hallten unablässig, als würde sie aufgedreht durch ihre Bude stelzen. Mit oder ohne Pumps.

Himmel, dachte er, was ist bloß mit dieser Frau los? Sein Kopf schmerzte vom Nachdenken und sechs Bieren. Er ging ins Schlafzimmer, warf sich aufs Bett. Er musste husten. Der Fernseher nebenan verstummte, sie marschierte in ihr Bett.

Was, wenn sie gar keine Frau ist, kam David in den Sinn. Vielleicht wohnt gegenüber ein Perverser, den es aufgeilt, in eine fremde Rolle zu schlüpfen?

Aber er hörte die Stimme schon seit Wochen. Sie gehörte eindeutig zu einer Frau, zu einer jungen Frau. In seiner Vorstellung war sie zierlich, hatte lange rote Haare. Wenn sie sich in ihr Bett legte, um fernzusehen oder in einer Zeitschrift zu blättern, trug sie eine dieser dick umrandeten, schwarzen Brillen.

Verdammt, sie legt die Brille nicht mal ab, wenn sie es sich macht, dachte er. Das Bild hatte sich tief in seiner Phantasie eingenistet.

Daher kommen die Kopfschmerzen! Nie im Leben hätte ich mir träumen lassen, dass eine solche Frau Gefallen an dieser Sache finden könnte. Ihre Stimme klingt so warm, so unschuldig...Wie kann sie da nur...? Sie ist verrucht!

Hinter Davids Wand regten sich die vertrauten Geräusche. Sie lauerte auf ihrer Matratze. Nach wenigen Sekunden stöhnte sie inbrünstig und vor obszöner Lust. Keine Spur von Unschuld oder Scham mehr. Sie hat das Spiel an sich gerissen, dachte er.

Er starrte in die Dunkelheit seines Schlafzimmers, nahm ihre Stimme, ihr Atmen und das Seufzen wahr.

Ich bin in ihrer Hand, erkannte er. Stück für Stück verflüchtigten sich die Zweifel. David krabbelte zum Kopfende seines Bettes - wieder näher an die Wand - hörte sie deutlich, als läge sie direkt neben ihm. Die Erregung überfiel ihn. Er hatte die zierliche Rothaarige vor Augen. An ihren Füßen trug sie schwarze hochhackige Schuhe. Sonst nichts.

Mittwoch und Samstag - es pendelte sich ein. Sie erwartete ihn bereits, wenn er von der Arbeit nach Hause kam. Sie sang dann. Ihre Stimme zog ihn auf sein Bett. Immer näher zur Wand. Sie lachte, wenn sie hörte, wie sein Lattenrost knarzte, weil er nicht still halten konnte, sobald sich ihr Gesang in gehauchte Seufzer wandelte. Er konnte nicht anders, musste mitspielen.

Sie stimmten sich Abend für Abend besser ab. David erkannte bald, wann sie das Tempo vorgeben wollte, wann es an der Zeit war, die Lautstärke zu erhöhen. Und wann sie allmählich die Kontrolle verlor, ihre Laute ehrlich und unaufhaltsam wurden.

Andere Dinge interessierten ihn nicht. Wenn sie telefonierte, fühlte er sich gar unbehaglich. Ihre Sätze klangen banal, schmerzhaft gewöhnlich. Sobald es in der Nachbarwohnung klingelte, stand er auf, verließ sein Schlafzimmer, ging auf den Küchenbalkon und lauschte lieber dem Verkehrsrauschen vor dem Haus. Er zündete sich eine Zigarette an, blickte auf die Straße hinunter und beobachtete die Menschen, die knapp acht Meter unter ihm über den Gehweg trotteten. Einige schwiegen, andere lachten oder unterhielten sich angeregt. Apathisch blies er Zigarettenrauch aus, sah in die Ferne – und erblickte plötzlich im Augenwinkel einen roten Farbklecks vor der Haustür. Die Zigarette fiel ihm aus dem Mund.

Eine rothaarige Frau verließ das Haus, mit ihren Schuhen balancierte sie eilig die Straße hinunter. Eine knappe, schwarze Bluse bedeckte nur das Nötigste, ebenso der verboten kurze Rock. David glotzte ihr hinterher. Und verbrannte sich seinen nackten, rechten Fuß an der glühenden Zigarette. Er fluchte, als der Schmerz von seinem Fuß nach oben kletterte und die Nervenbahnen in seinem Kopf erreichte. Auf einem Bein hüpfte er in Küche, hielt einen Lappen unter den Wasserhahn, um seine Verletzung mit kaltem Wasser zu kühlen. Ein purer Reflex. Seine Gedanken folgten noch immer der Rothaarigen. War *sie* das gewesen?

Er humpelte ins Schlafzimmer. Kein Laut war zu hören. Vielleicht schläft sie, überlegte er, verwarf den Gedanken aber bei einem Blick auf die Uhr. Sonntagabends lag sie um diese Zeit nie im Bett. David setzte sich auf seine Matratze und starrte die Wand an. Die Wand, die er bisher nur mit dieser Stimme und seinen Phantasien in Verbindung gebracht hatte. Und jetzt? Jetzt hatte er ein konkretes Bild von ihr. Rothaarig, schlank, sinnliche Rundungen. Es hatte gespenstische Ähnlichkeit mit der Frau, die er sich die ganze Zeit vorgestellt hatte, wenn er und sie...

Ich habe nicht richtig hingesehen, dachte David. Ich habe mir vorgestellt, wie sie wohl aussieht, als ich da draußen stand und mein Bild von ihr hat sich wie ein Schleier über die Frau gelegt, die zufällig aus der Tür gestürmt ist. Über irgendeine Frau. Sie war gar nicht wirklich. Eine Fata Morgana in Pumps und engem Minirock. Keine Frau verlässt das Haus in einem solchen Outfit, es sei denn, sie hat vor, einen Typen flachzulegen. Wenn sie es also gewesen wäre...

David sprang auf, eilte ins Badezimmer. Er stellte sich auf die Waage und runzelte die Stirn. Die Zahl auf dem Display bestätigte seine Befürchtungen. Ungeschickt zog er Jeans und T-Shirt aus, zögerte kurz, befreite sich dann aber auch von der Unterhose, um nackt einen neuen Versuch zu wagen. Keine nennenswerte Verbesserung. Er stellte sich vor den Spiegel, sah sein von schwarzen Bartstoppeln übersätes Gesicht. Mit den Fingern drückte und quetschte er an seiner

Nase rum, um sie von Dreck und Mitessern zu befreien, bis sie rot glühte und schmerzte. Er streckte sich, betrachtete seine speckigen Arme, seine Wampe, die zwei dicken Fettringe an seinem haarigen Oberkörper. Unter einem Dickicht Schamhaare lugte sein Schwanz hervor. Kaum der Rede wert.

Sie hat was Besseres verdient, dachte er und schlich zurück ins Schlafzimmer. Mit einem Male fühlte er sich schläfrig. Eine Gänsehaut kroch über seinen Körper. Er vergrub sich tief unter der Bettdecke. Seine Gedanken waren bei ihr, bei ihren Haaren, deren Spitzen beinahe bis zu ihrem runden, festen Hintern reichten. Er sah die Wassertropfen vor sich, die von ihrer weichen Haut perlten, wenn sie aus der Dusche stieg. Die sich ihren Weg vom Gesicht, über die Schultern zu ihren Brüsten suchten. Er träumte von ihrem makellosen Körper. Er hörte sie lachen. Nicht mehr das unbeschwerte Lachen der letzten Wochen. Es bekam einen Unterton, spöttisch, mit Verachtung versehen.

Sie spielt mit dir, dachte David. Sie weiß, was für ein seltsamer Kerl du bist. Ein Einsiedler, der sich in seiner Wohnung verkriecht und einer Fremden nachspioniert. Der sich an ihr aufgeilt. Sie kennt dich. Mit Sicherheit war das Erste, was sie getan hat, als sie hier einzog, einen Blick auf ihren Nachbarn zu werfen. Sie hat im Treppenhaus gelauert, im Dunkeln. Und du hast sie nicht bemerkt, als du gedankenverloren deine Wohnung betreten hast. Sie weiß, wie du aussiehst. Sie genießt es, dich hinters Licht zu führen. Sie hat dich in der Hand, könnte mit dem Theater jederzeit aufhören, dich auffliegen lassen. Den Hausverwalter über dich, den Spinner von Nebenan, informieren, oder die Sache bei der Polizei melden. Nur um dich vor aller Welt als notgeilen Versager bloßzustellen. Aber noch bereitest du ihr Vergnügen.

Er wälzte sich auf der Matratze. Die Gedanken ließen ihn nicht los. Zweifel. Zorn. Irgendwann drang ein Seufzen zu ihm durch. Ganz fern...

Er wehrte sich, wollte den Ton ignorieren. Er drehte sich im Bett, sorgte dafür, dass es ächzte und knarzte, nur um dieses Geräusch nicht mehr hören zu müssen.

Aber das Seufzen wurde lauter...

Wann war sie überhaupt nach Hause gekommen? Ich beende es jetzt, beschloss David. Ich stehe auf, ziehe mir meine Klamotten an und gehe zu ihr rüber. Ich werde ihr sagen, dass ich mir das nicht bieten lasse. Soll sie mich doch anzeigen! Er saß bereits aufrecht auf der Matratze.

Ein Stöhnen erklang...

Nicht ihr Stöhnen...

Ein fremdes Stöhnen...

Ein männliches Stöhnen...

Wie erfroren hockte er auf seinem Bett, vernahm das Geräusch ein zweites Mal. Begleitet von ihrem Seufzen und einem Schrei.

Sie ist nicht alleine nach Hause gekommen, dämmerte es ihm. Jemand ist bei ihr. Ein Fremder liegt jetzt mit ihr im Bett und fickt sie! Davids Schockstarre löste sich. Ruhig stand er auf, zog T-Shirt und Jeans an.

Aus der Wand drang ihre Stimme...

Schnell und unkontrolliert keuchte sie...

Dazwischen platzte das dumpfe Grunzen des Anderen, der sich an ihr verging. Er konnte hören, wie der Kerl ihren Körper rücksichtslos besudelte.

Schreie, Stöhnen, Klatschen.

Neue Bilder nisteten sich in Davids Kopf ein. Wie Tiere fielen sie mit verschwitzten Körpern übereinander her. Die Hände des Fremden, der sie fest zu Boden drückte. Mit seinem Gewicht zwang er ihre Beine auseinander.

Du Schwein, dachte David, ging zu seiner Stereoanlage, legte eine CD ein und drehte den Regler auf. Die Bässe trafen ihn wie Schläge in die Magengrube, das Jaulen der Gitarren ließ seine Ohren schmerzen. Er verließ seine Wohnung, schloss gewissenhaft seine Haustür ab. Im Treppenhaus schallte die Musik in unverschämter Lautstärke weiter. David ging auf ihre Wohnungstür zu, legte sein Ohr auf das braune Holz. Aus dem Inneren hörte er cholerisches Schnattern.

Keine Geilheit mehr weit und breit. Er grinste und drückte dreißig Sekunden lang auf den Klingelknopf. Wütende Schritte polterten zur Tür. Er rannte davon.

David fror. Ohne Ziel streifte er umher und wäre den neugierigen Blicken der Passanten gerne ausgewichen, die seine nackten Füße anstarrten. Dazu das verschwitzte Shirt, die Hose war auch nicht ganz frisch und er hatte an diesem Tag noch nicht geduscht.

Ich sehe aus wie ein Penner, dachte er. Bald hatte er genug und trottete nach Hause. Schuldgefühle überfielen ihn. Er hatte sich wie ein Kleinkind, wie ein Spielverderber verhalten. Ob er sich entschuldigen sollte? Er könnte doch ganz einfach morgen zu ihr gehen, frisch geduscht, mit ordentlicher Kleidung am Leib und klingeln. Ihr erklären, wie leid es ihm täte. Dass er nicht ganz bei Sinnen gewesen..., etwas...nein, sogar sehr betrunken gewesen sei. Es habe sich um ein Versehen, einen Ausrutscher gehandelt. Nur deswegen stehe er vor ihrer Tür, um sich zu entschuldigen. So könnte er sich vielleicht aus der Affäre ziehen. Mit den Mittwoch- und Samstagabenden war es jetzt bestimmt vorbei. Auf diese Weise könnte er sein Gesicht wahren. Ihr zeigen, dass er eigentlich doch ein ganz anständiger Kerl war.

Und wer weiß? Vielleicht mache ich sogar Eindruck bei ihr.

Meine Courage wird ihr imponieren, mich in ihren Augen aufwerten. Warum warten? Ich gehe gleich! Es ist zwar spät, aber sie schläft am Wochenende nie um diese Zeit.

David bog um die Ecke auf den von den Straßenlaternen matt-weiß erleuchteten Gehweg, betrat das Haus, marschierte die drei Stockwerke hoch bis zu ihrer Tür.

„Guten Abend, ich komme...also, ich wollte...nein...ich bin es...", flüsterte er in die Stille des Hausflurs. „Noch einmal...Es tut mir Leid, dich zu stören...ach, verdammt!" Was sollte er denn sagen? Und was, wenn der Mann noch bei ihr war? Er würde David einen Schlag in die Fresse verpassen, so viel stand fest. Oder sie würde es gleich selbst tun. Er starrte die Türklingel an. Darüber prangte das Namensschild; ihr Name.

„Ich weiß noch nicht mal, wie du heißt." Er wendete den Blick ab, drehte sich um und betrat seine eigene Wohnung. „Ich will es auch gar nicht wissen."

Etwas Raues kitzelte seine nackten Zehen, als er in den Flur trat. Er bückte sich und hob einen weißen Briefumschlag vom Boden. Leise schloss er die Tür, knipste das Licht an und öffnete den Brief. Eine Nachricht. Er eilte in die Küche und setzte sich unter die Deckenleuchte, um das Geschriebene besser entziffern zu können. Kein Zweifel, der Zettel stammte von ihr, sieben handschriftliche Zeilen. Hastig mit einem Kuli geschriebene Buchstaben. Auf das Wesentliche beschränkt. Eine Entschuldigung.

Sie habe ihn nicht kränken wollen. Der andere Mann sei ein alter Bekannter. Dahinter stecke nichts Ernstes, nur ein Ausrutscher, der hin und wieder vorkomme, wenn sie zu viel getrunken habe und sich einsam fühle. Dabei habe sie ja jetzt gar keinen Grund mehr dazu.

„Ich hoffe, wir verlieren nicht, was wir an uns haben", las David laut.

Was sollte das bedeuten? War das eine Aufforderungen? Was *wir* an *uns* haben? Sollte er sich wie in einem miesen Film spontan ein Herz fassen, los rennen, um das Happy End einzuläuten? Was hatten sie denn schon? Eine Wand hatten sie! Eine beschissene, dünne Wand durch die jedes Husten, jedes Raunen, Rülpsen oder Räuspern drangen! Dazu kamen ihr Geschnatter, Singen und Gestöhne. Ob man wollte oder nicht! Mehr gab es nicht.

Unbehagen machte sich in ihm breit. David las die Nachricht noch vier Mal. Dann zerknüllte er den Zettel und warf ihn in den Mülleimer.

Mit der Aktentasche in der Hand huschte David durch die Wohnung. Er schwitzte unter seinem Mantel. Eigentlich hätte er seit einer halben Stunde an seinem Schreibtisch im Büro sitzen müssen, doch er wagte nicht, vor die Tür zu gehen. Denn an diesem Morgen war kein Laut aus der Wand gedrungen. Nichts war zu hören gewesen von der gewohnten Geschäftigkeit, die schnell zu Unruhe führte, wenn sie die Zeit vergaß und sich abhetzte, um rechtzeitig das Haus zu verlassen. Sie ging gewöhnlich vor ihm. Doch jetzt war er sich nicht sicher, ob sie schon unterwegs war.

Er hatte nicht auf ihren Brief reagiert. Mittwochabend aber war er auf die Laute eingegangen. Als wäre nichts gewesen. Doch am Ende hatte eine bedrückende Leere von ihm Besitz ergriffen. Und er befürchtete, dass es ihr nicht anders ergangen war. Dass sie wie er, die Glieder weit von sich gestreckt auf dem Bett gelegen, die Zimmerdecke angestarrt und mit bebendem Herzen gehorcht hatte. Als habe sie auf ein Zeichen gewartet, auf seine Stimme, die zu ihr sprechen sollte. Eine Spannung lag zwischen ihnen. Ihre Erwartung auf seinen nächsten Schritt. Sie erhoffte sich mehr als primitives Stöhnen. Eine Unterhaltung durch die dünne, weiße Wand. Ein normales Gespräch – und was dann noch? David war stumm geblieben.

Die letzten Tage hatte er kaum gewagt, seine Wohnung zu verlassen. In seiner Vorstellung lauerte sie im Hausflur, um ihn abzupassen, ihn zur Rede zu stellen.

Gott weiß, was sie sich von diesem kindischen Verhalten

erhofft, dachte er.

„Die Zeit für Spielchen ist vorbei", würde sie sagen, wenn sie ihn erwischte und ihrer Forderung, besoffen vom Glücksgefühl, ihn aufs Kreuz gelegt zu haben, mit einem höhnischen Grinsen Nachdruck verleihen. Die langen, roten Haare würden ihr ins Gesicht fallen, ihre Stimme sich überschlagen. Wie würde er darauf reagieren? Da wollte er lieber auf Nummer sicher gehen und der Konfrontation ausweichen.

Ich kann im Büro anrufen und mich krank melden, überlegte er. Zwei, drei Tage könnte das gut gehen. Aber früher oder später muss ich wieder raus. Ich bin ihr ausgeliefert, ich verbiege mich für sie. Sie gewinnt, erkannte er. Eine Frau wie all die anderen zuvor. Ich habe die Kontrolle verloren.

Er seufzte, öffnete seine Haustür und stahl sich hinaus.

Er bekam nicht mit, wie die Straßenbahn an seinem Ziel hielt, sich die Türen mit einem Zischen öffneten und schlossen, bevor die Tram ihre Fahrt wieder aufnahm. David aber war von der Strecke abgekommen. An dem Abend, an dem er auf die Lockungen der rothaarigen Schönheit eingegangen war, hatte sich alles verselbstständigt. Seine Phantasie stürzte unaufhaltsam in sein Leben.

Er musste eine Entscheidung treffen. Er konnte sich

schließlich nicht ewig vor ihr verstecken. Es war besser, sich an den Gedanken zu gewöhnen; die Zeit des harmlosen Lauschens war vorbei.

Was ist überhaupt so schlimm daran?, überlegte er. Wovor habe ich eigentlich Angst? Sie ist eine attraktive Frau. Und trotz allem hat sie mich nicht bloßgestellt, sondern den Kontakt sogar aufrecht gehalten!

Er kannte ihren Namen nicht, aber dafür wusste er ganz andere Dinge von ihr. Er wusste, wer sie wirklich war. Sie hatte sich ihm geöffnet, erst zufällig, dann bewusst. Was sollte also schon passieren? Andere Beziehungen drohen am Alltag zu scheitern. Er kannte ihren Alltag in und auswendig. Es gab da keine Illusion, an der ihr Verhältnis zerbrechen konnte. Es galt nicht mehr zu tun, als sich endlich auf sie einzulassen, ihr die Führung zu überlassen.

Ein Lächeln machte sich auf seinem Gesicht breit, er registrierte es erst, als ihn eine Studentin, die ihm gegenüber saß, freundlich, aber leicht verlegen anstrahlte. David wurde rot, bemerkte endlich, dass er bereits vor zehn Minuten hätte aussteigen müssen und sprang auf. Bevor er die Bahn an der nächsten Haltestelle verließ, wagte er einen verstohlenen Blick zurück. Die junge Frau sah ihm hinterher, bemüht, ihre Enttäuschung zu verbergen.

An Arbeit war nicht zu denken, daher beschloss er, vorzeitig nach Hause zu gehen. Er wollte einen zweiten Anlauf wagen. Sorgfältig geplant und vorbereitet. Dieses Mal würde er keinen Rückzieher machen. Unterwegs kaufte er einen Strauß weißer Rosen, kam sich damit aber bereits zwei Minuten später albern vor und warf die Blumen in eine Mülltonne. Das ist nichts für sie, dachte er.

Nicht mehr als romantischer Kitsch, der ihn wie einen Trottel aussehen ließ. Es kam nicht auf Geschenke oder Schmeicheleien an. Wichtig war nur, ihr zu zeigen, dass er bereit war. Er brauchte nicht mehr zu tun, als zu ihr rüber zu gehen. Genau darauf hatte sie schließlich all die Zeit gewartet. Daran bestand für ihn kein Zweifel mehr. Voller Elan betrat er das Treppenhaus. Im schummrigen Licht des Flurs übersah er den kleinen, klobigen Körper, der vor den Briefkästen kauerte und den Weg versperrte. Im letzten Moment kam David zum Stehen und verhinderte so eine Kollision mit der Frau, die mit stoischer Ruhe ihre Briefe von den bunten Werbeprospekten trennte.

Ich wäre zumindest weich gefallen, ätzte er in Gedanken beim Mustern ihrer Figur. Seine Ungeduld wuchs und er versuchte, sich barsch an ihr vorbei zu drängeln. Er brauchte jetzt dringend eine Dusche und wollte mit den Vorbereitungen für den Abend anfangen. Eine schrille Melodie ertönte, die Frau griff in ihre Hosentasche und holte mit der linken Hand ihr Handy hervor.

„Ja, hallo?", erklang die Stimme der rothaarigen Schönheit. David erstarrte. Sie telefonierte hinter ihm im Gehen.

„Was ist? Ich höre dich nicht so gut...bin draußen...warte mal kurz!" Sie wandte sich von ihrem Telefon ab, stupste David an.

„Hey, geht`s auch mal voran?" fragte sie mit der ihm so vertrauten Stimme. Er drehte sich um, glotzte die Fremde an. Ihre zu einem Pferdeschwanz gebundenen Haare waren schwarz wie Kohlebrikettes. Statt langer, dünner Beine, trugen sie zwei fette, kurze Schenkel. Ihr Kopf ragte aus einem schmuddeligen, lila Rollkragenpullover hervor. Ihre Erscheinung wirkte müde, mitgenommen – sie war alt. Er brachte kein Wort hervor.

„Was ist los? Hast du ein Problem, oder was?!"

Stumm trat David bei Seite, ohne von seinem Starren abzulassen. Sein Blick machte sie nervös. Sie nutzte die Gelegenheit, um sich an ihm vorbei zu stehlen.

„Entschuldigung", murmelte er. Abrupt verharrte sie in ihrer Bewegung, in der Hand umklammerte sie ihr Handy, aus dem Lautsprecher gackerte eine beleidigte Stimme.

„Ist wirklich alles in Ordnung?", fragte sie nun besorgt und mit weit aufgerissenen Augen. Endlich verstand sie. Er nickte und zwang sich zu einem Lächeln.

„Ich...ich bin...", begann sie, doch er hatte sich schon umgedreht und lief aus dem Haus.

„Auf jeder Etage drei Parteien", sagte die Maklerin. Die dicke Frau trug eine grelle, gelbe Bluse, einen schwarzen Rock und ein Namenschild auf dem in fett gedruckten Buchstaben der Name Schlütter stand. Sie war über fünfzig, gab sich aber erhebliche Mühe, zehn Jahre jünger zu wirken.

„Die meisten Mieter sind Singles. Viele Studenten, nur zwei Familien, die wohnen im Erdgeschoss."

David schlich durch die kahlen, weißen Räume. Nicht gerade viel Platz. Um alle seine Sachen hier unterzukriegen, war Improvisationskunst gefragt. Die fleckigen Fenster in der Küche gaben den Blick hinaus auf die Betonwüste der Wohnsiedlung frei, die dem utopischen Wahnsinn der siebziger Jahre entsprungen war. Stein auf Stein in Blau und Orange als ästhetisches Grundprinzip.

Grässlich, dachte David und rieb sich die Augen. Er war müde. Seine alte Wohnung hatte er von einem Tag auf den anderen gekündigt und seither verbrachte er die Abende damit, sich überteuerte Buden vorführen zu lassen. Frau Schlütter setzte ein künstliches Lächeln auf, seine mäßige Begeisterung für das Mietobjekt entging ihr nicht.

„Das Schlafzimmer ist besonders großzügig angelegt. Es verführt geradezu zum Kauf eines extra großen Bettes. Manchmal gibt es ja nichts Schöneres, als das Wochenende daheim zu verbringen..."

Einstudiertes Geschnatter, das von der Langeweile ablenken soll, die diese Räume ausstrahlen, dachte David und machte sich nicht die Mühe, Interesse zu heucheln. Sie führte ihn ins Schlafzimmer. Auch das war nichts Besonderes. Es bot mehr Platz, war aber dafür mit einer Dachschräge versehen, die den Spielraum zugleich begrenzte.

„Ich weiß nicht", sagte er endlich und bereitete sich innerlich auf weitere Besichtigungstermine vor.

„Wenn ich Ihnen noch einmal all die Vorzüge aufzählen darf...", erwiderte Frau Schlütter. Er musterte desinteressiert die weiße Tapete. Ein Husten unterbrach den Redeschwall der Maklerin. Sie ließ sich nichts anmerken und quasselte ohne Unterlass weiter.

„...nur fünfzehn Minuten bis zur Straßenbahn. Lebensmittelgeschäfte um die Ecke und überhaupt ein buntes Viertel. Der Einfluss der unterschiedlichen Menschen aus..."

David hörte Frau Schlütter nicht mehr zu, stattdessen näherte er sich der linken Zimmerwand. Dumpfe Schritte dröhnten herüber, eine Tür fiel zu, Lachen drang durch die weiße Wand. Der Klang eines unbeschwerten Frauenlachens.

„Hier wohnen nur junge Leute?", fragte er die Maklerin und schlich an der weißen Tapete vorbei, immer dem Gekicher hinterher.

„Nur zwei Familien im Erdgeschoss. Die anderen Mieter sind Mitte Dreißig oder jünger, die meisten sogar etwa in ihrem Alter...", antwortete Frau Schlütter, die wieder Morgenluft witterte. David ignorierte ihr Gerede. Horchte. Ein weiteres Mal erklang das Lachen – dann ein scheues Singen.

„Ich nehme die Wohnung", sagte er.

Wunschkinder

Die Sonnenstrahlen brannten auf die Erde herab. Noah ächzte vor Anstrengung, der Schweiß rann seinen Rücken hinunter und durchtränkte sein Hemd. Dreißig Grad im Schatten. Im Februar. Und er musste in die Schule gehen. Warum konnten sie ihnen keinen Heimunterricht geben? Ob die Schüler nun in realen oder virtuellen Klassenzimmern saßen, machte schließlich keinen Unterschied. Es war reine Willkür. Den Kindern und Jugendlichen sollte der Realitätsbezug mit allen Vor- und Nachteilen erhalten bleiben. In anderen Ländern Eurasiens hielt die Gesellschaft nicht derart krampfhaft an veralteten Methoden fest, wie Noah von seinem großen Bruder Kai erfahren hatte, der schon viel in der Welt herumgekommen war und als Entwicklungshelfer in den USA arbeitete. Noah bewunderte Kai, für sein ungewöhnliches Leben. Denn es war nicht einfach, sich von der Masse abzuheben. Harte Arbeit, Leistungsbereitschaft und Hingabe für die eigenen Ziele waren unerlässlich. Denn Talent, Veranlagung und Herkunft zählten nicht viel. Schließlich besaßen jeder Junge und jedes Mädchen die gleichen Startvoraussetzungen.

Sie alle fingen mit einem Jahr an zu laufen, zu sprechen und höhere Intelligenz zu entwickeln. Auch Noah würde mit sechszehn seinen letzten vorgesehenen Wachstumsschub durchmachen – auf den Tag genau festgelegt. Seine körperliche und geistige Entwicklung waren das Ergebnis der genetischen Optimierung, der größten Errungenschaft in der Geschichte der Wissenschaft, die seit Generationen verfeinert wurde. Noahs Kinder würden besser sein als er, genau wie Noah besser war als seine Eltern. Sie wollten es so. Der makellose Start in das perfekte Leben - ohne Komplikationen oder unnötige Risiken.

Es gab keine Familie, die sich eine Optimierung nicht hätte leisten können. Eine Bevorzugung der Reichen oder einer Elite fand nicht statt. Das hätte nur Spannungen und Missgunst hervorgerufen. Jene Ursachen, die in früheren Zeiten zu massiven wirtschaftlichen und sozialen Unruhen geführt hatten. Die Vermögen der Reichen waren immer weiter angewachsen und schließlich hatten sie versucht, sich nicht nur gesellschaftlich sondern auch genetisch abzusetzen. Die einfache Bevölkerung wollten sie mit Parolen wie der „Heiligkeit des Lebens" oder der „Göttlichen Schöpfung" blenden, die zu endlosen Scheindebatten geführt hatten und den Mächtigen einen Zeitvorsprung verschaffen sollten. Ein vergebliches Manöver. Sie waren gescheitert.

Das starke soziale Gespür, das im Erbgut von Noahs Generation und deren Nachkommen fest verankert war, war eine

Lektion der Geschichte. Sie alle waren gleich.

Noah bog um die Ecke und erblickte in der Ferne seine Schule. Es war ein riesiger, antik anmutender Betonbau, der bereits durch sein Äußeres seine Funktion als bloße Verwahrstation offenbarte. Acht Stunden erzwungener Aufenthalt in rein zweckmäßigen Räumen. Noah litt unter dem Unglück der frühen Geburt. Wäre er nur ein Jahrzehnt später zur Welt gekommen, hätte ihm das die lästige Pflicht des gemeinsamen Schulbesuchs erspart. In naher Zukunft würde man das überkommene Ritual abschaffen, dessen war er sich sicher.

Vor der Schule hatte sich eine Menschentraube aus Mädchen und Jungen in ihren roten Uniformen gebildet. Sie waren alle hochgewachsen, besaßen eine perfekte Körperhaltung und dichtes, braunes Haar. Ihre Eltern waren mit der Zeit gegangen. Einige Jahre zuvor hatte noch Blond im Trend gelegen.

Noah gesellte sich zu den Anderen, die aufgeregt vor dem Schultor ausharrten.

„Was ist denn hier los?" In Noahs Stimme lag ehrliche Verwunderung.

„Ein Neuer ist heute angekommen", sagte einer der Jungen. Noah konnte sich die Namen der Anderen nicht merken, weil sich alle seine Mitschüler so sehr ähnelten.

„Na und? Es kommen doch immer wieder Neue an."

„Er ist anders", flüsterte eines der Mädchen hinter ihm. Noah drehte sich um und erkannte Nicole. Er errötete beim Anblick ihrer glasklaren, blauen Augen, die ihr makelloses Gesicht schmückten. Zu seinem Glück bemerkte sie seine Reaktion nicht. Sie war zu sehr damit beschäftigt, nach dem neuen Schüler Ausschau zu halten.

„Wie anders?", fragte Noah und spürte, wie auch in ihm Neugierde aufkam. Er reckte seinen Kopf in die Höhe, um einen besseren Blick auf das Geschehen zu gewinnen. Es hatte keinen Zweck. Er sah nur die Hinterköpfe der Kinder, die wie aufgescheuchte Vögel den Platz vor dem Eingang belagerten. Er bahnte sich einen Weg durch die Menge, um die Schule zu betreten. Vor der Tür versperrte ihm der Hausmeister den Weg. Niemand wurde hineingelassen.

„Das ist doch übertrieben, meinen Sie nicht?", sagte Noah genervt. Er bekam keine Antwort. Erst nach einer Viertelstunde öffnete sich das Schultor. Von dem Neuen war weit und breit nichts zu sehen.

Bald war Noahs Neugier verflogen. Er neigte von Natur aus nicht dazu, sich lange mit unwichtigen Dingen zu beschäftigen. Stattdessen konzentrierte er sich auf Frau Bluhms Unterricht.

„Noah?", sagte seine Lehrerin. „Der Direktor würde dich gerne sprechen." Die gesamte Klasse starrte ihn an. Noah stand zögerlich von seinem Stuhl auf. Ihm waren das Tuscheln und Flüstern seiner Mitschüler unangenehm. Dazu kam der Blick der Frau, der an ihm klebte bis er die Tür hinter sich geschlossen hatte. Missmutig trottete er durch die sterilen, zahnsteingelb gestrichenen Flure der Schule, bis er das Büro des Direktors erreichte. Der Schulleiter und zwei weitere fremde Erwachsene, ein Mann und eine Frau, warteten bereits vor der Tür. Sie unterhielten sich, der dicke Direktor schüttelte sich vor Lachen, was ziemlich bemüht aussah, als wüsste der alte Mann nicht, wie man angemessen auf Scherze reagiert. Er schien sich nicht oft guter Laune hinzugeben. Die Fremden waren beide etwa 1,90 Meter groß und besaßen eine graziöse Körperhaltung. Und sie waren offensichtlich ein Paar, denn sie hielten ununterbrochen Händchen. Dabei wirkten sie geradezu majestätisch und ergänzten sich perfekt. Kein Zweifel - sie waren füreinander bestimmt.

„Ah, Noah!", sagte der Direktor mit einem obszön breiten Lächeln, was Noahs Misstrauen weckte. Die Lage war ernst, sonst hätte sich der Kerl nicht die Mühe gemacht, sich Noahs Namen zu merken. Jeder wusste, dass der alte Mann für seine Schüler nichts übrig hatte. Der Direktor kam auf ihn zu und reichte ihm die Hand. Noah ging instinktiv zwei

Schritte zurück. Warum war der Direktor so freundlich zu ihm? Die Erwachsenen amüsierte seine Reaktion.

„Wieso so schüchtern, mein Junge? Ich möchte dich um einen Gefallen bitten."

„Einen Gefallen?" Die Skepsis wich nicht von Noahs Seite.

„Nur eine Kleinigkeit. Aber es ist uns sehr wichtig", sagte die fremde Frau mit sanfter Stimme. „Es wäre wirklich sehr nett von dir, wenn du uns helfen würdest." Sie lächelte und Noah hatte das Gefühl, als könnte er sofort in diesem warmen Lächeln versinken. Sie war wunderschön - schöner noch als seine Mutter, die Lehrerinnen oder jede andere Frau, der er bisher in seinem Leben begegnet war. Und schon deren Aussehen galt als makellos. Der Mann legte seine Hand auf Noahs Schulter, riss ihn so aus seiner Bewunderung für die Frau.

„Unser Sohn ist fünfzehn", sagte der Mann. „Genau wie du. Er ist neu an dieser Schule. Es wäre schön, wenn du ihm alles zeigen würdest. Du musst wissen, dass Daniel noch nie eine öffentliche Schule besucht hat."

„Wer ist Daniel?", fragte Noah. Der Direktor öffnete die Tür und gab den Blick in sein Büro frei. Auf dem Stuhl, auf dem zuletzt vor Jahrzehnten das letzte Kind gesessen und auf seine Bestrafung gewartet hatte, weil es sich nicht an die Regeln der Schule gehalten hatte, saß ein schmächtiger Junge mit schwarzen Haaren - und einer Brille. Eine Brille! Noah bemühte sich gar nicht erst, seine Bestürzung zu verbergen. Er wusste natürlich, was eine Brille war, wie diese hoffnungslos veralteten Hilfsmittel aussahen und wofür sie früher genutzt worden waren. Aber er hatte noch nie eine mit eigenen Augen gesehen. Sehschwäche hatte zu den ersten Defiziten gehört, die mit Hilfe der genetischen Planung ausgerottet worden waren.

„Sie sollten den Arzt verklagen!", sagte Noah und sah den Mann so ernst an, wie es einem Fünfzehnjährigen überhaupt möglich war. Die Erwachsenen und der Direktor tauschten überraschte Blicke aus. Die Frau lachte. Noah fand das überhaupt nicht lustig. Der arme Junge – mit so einem Schaden leben zu müssen, war sicher die Hölle auf Erden.

„Noah, das ist Daniel, der Sohn der beiden Herrschaften. Und wie an deiner Reaktion deutlich wird, ist dir nicht entgangen, dass Daniel...nun, dass er anders ist als du."

„Er ist anders als alle Anderen", bemerkte Noah kühl. Der Gedanke beunruhigte ihn. Er betrachtete den Jungen, der auf dem Stuhl saß und gedankenverloren in einem Buch schmökerte. Dann ging die Frau zu ihrem Sohn und gewann dessen Aufmerksamkeit durch einen liebevollen Kuss auf die Stirn. Daniel lächelte vergnügt seine Mutter an und blickte dann zu der kleinen Runde an der Tür. Noah stockte der Atem vor

Schreck.

„Was...Was hat er da?!"

„Was meinst du?", fragte der Mann.

Sieht er nicht dieses komische Ding, dachte Noah. Dieses widerliche, silberne Schimmern?

„Das da in seinem Mund!"

„Ach so, man nennt es Zahnspange." Der Mann gab Noah einen sanften Schubs und forderte ihn damit auf, endlich das Büro zu betreten, näher heran zu dem in Noahs Augen miss-gebildeten Jungen.

„Er braucht die Spange, damit seine Zähne richtig wachsen. So wird er viel länger etwas von seinem Gebiss haben. Ist es nicht so, Daniel?"

„Ja, Papa." Der Junge grinste, seine Eltern und der Direktor lächelten beseelt. Noah jedoch war verstört. Daniel stand auf, ging auf Noah zu und reichte ihm zur Begrüßung die Hand.

„Hallo, ich bin Daniel!"

„Noah." Er musterte dieses seltsame Kind mit dem drahti-gen Gestell im Mund und den dicken Gläsern vor den Au-gen. Sein schwarzes Haar war an vielen Stellen weniger dicht, als es normal war und auch seine Haut wirkte seltsam un-eben, rau - eben ganz und gar anders. Niemand sonst sah so aus. Dann grinste Daniel und diese Zahnspange kam erneut zum Vorschein. Noah konnte seinen Blick davon kaum abwenden.

Es muss doch unglaublich weh tun, wenn man so etwas in seinem Mund trägt, dachte er. Wie kann der Junge überhaupt sprechen, ohne sich das Zahnfleisch in blutige Fetzen zu reißen?

„Sehr schön. Ich würde vorschlagen, da ihr euch jetzt kennengelernt habt, ist es am besten, wenn ihr gemeinsam einen Rundgang durch die Schule macht", sagte der Direktor vergnügt. „Daniel, Noah wird dir alles zeigen. Und sobald ihr fertig seid, nimmt dich Noah mit in die Klasse!"

Noah blickte den seltsamen Jungen an, dann sah er zu dessen Eltern, diesen perfekten Menschen, an denen kein Makel zu erkennen war. Dann wieder zu Daniel mit seiner Brille und der Spange. Wie konnte dieser Junge der Sohn von diesem Mann, von dieser Frau sein? Die Frage ließ Noah nicht los, sie schwirrte wie eine in einem Glas gefangene Fliege in seinem Kopf herum.

Daniel hatte Mühe, Schritt zu halten. Dabei ging Noah nicht einmal besonders schnell. Sie durchstreiften jeden Abschnitt des Schulbaus. Noah war pflichtbewusst, erfüllte die Aufgabe nach bestem Gewissen. Doch der andere Junge schien kein großes Interesse an der Führung zu haben. Ihn beeindruckten weder die Labore, in dem der Chemie- und Physikunterricht abgehalten wurden, noch die Sporthalle, die mit allen notwendigen Geräten und Gegenständen ausgerüstet war, damit sich die Schüler ihrer physischen Stärken gemäß betätigen konnten. Nur in der Bibliothek keimte in ihm eine Spur von Interesse auf. Noah konnte ihn nicht ausstehen.

Als Daniel mit gleichgültigem Blick die Kantine in Augenschein nahm, konnte Noah sich nicht mehr bremsen und stellte Daniel die Frage, die ihn schon die ganze Zeit beschäftigte.

„Sag mal, sind das eben eigentlich deine richtigen Eltern gewesen?"

„Wie meinst du das?", sagte Daniel, der zur Speisekarte griff, auf der die Gerichte für die kommende Woche aufgelistet waren und das vorgesehene Angebot mit einer angewiderten Grimasse kommentierte.

„Na, du bist so anders als sie...Du hast zum Beispiel eine Brille. Und die Beiden eben...Das passt einfach nicht!"

Daniel grinste und zuckte mit den Schultern. „Ja, ich weiß. Meine Eltern sind perfekt. Meine Großeltern hatten beschlossen, Kinder zu bekommen, die füreinander versprochen wurden. Das waren feine Pinkel. Irre reich und mit einem alten Stammbaum. Irgendetwas mit Adel und so. Da konnte nur das Beste gut genug sein. Also mussten die Ärzte Extraschichten einlegen."

„Was ist passiert? Warum bist du...du?"

„Ich bin so, wie mich meine Eltern haben wollten", sagte Daniel trotzig. Er hörte die Frage nicht zum ersten Mal. „Verrückt, oder? Sie sagen mir immer, ich soll es besser haben als sie. Und darum lassen sie es zu, dass ich eine Brille tragen muss und meine Zähne schief und krumm wachsen. Sie sagen, ihre Kindheit sei die Hölle gewesen. Wegen der großen Erwartungen, die meine Großeltern in sie gesetzt hatten. Deswegen wollten sie es anders machen. Sie wollten mich zu etwas ganz Besonderem werden lassen. Keine Genetiker, keine Ärzte und eine natürliche Geburt." Daniel lachte. Noah hingegen starrte ihn voller Entsetzten an.

„Eine natürliche Geburt?! Das ist ja...ekelhaft! Und gefährlich!"

„Ich schätze, unter diesen Umständen habe ich noch Glück gehabt."

Noahs Ablehnung gegenüber Daniel nahm ab. Vielmehr fragte er sich, wie jemand so herzlos sein konnte und ein Kind mit solchen Defiziten und Risiken auf die Welt bringen konnte. Es war unverantwortlich und eine Gefahr für die Gesellschaft. Wenn solche Ideen Schule machten? Nicht auszudenken!

„Ich weiß, dass ich anders bin", sagte Daniel, dem Noahs Reaktion nicht verborgen geblieben war. „Manchmal bin ich wütend auf meine Eltern. Aber sie wollten mir nichts Böses."

„Du solltest sie verklagen! Das ist meine Meinung!", sagte Noah und rang sich dazu durch, Daniel zur Aufmunterung auf die Schulter zu klopfen. Der Junge mit der Brille ignorierte es.

„Komm endlich!", sagte er stattdessen. „Lass uns in die Klasse gehen!"

„...und aus diesem Grund möchte ich, dass ihr Daniel ganz normal behandelt! Habt ihr das verstanden?", fragte Frau Bluhm mit ernster Miene und ihre Bande von Mädchen und Jungen bejahte diese Frage mit einem Laut, der dem monotonen Gesang tibetischer Mönche glich. Es war nicht mehr als ein einstudierter Reflex, aber er zauberte ein Lächeln der Zufriedenheit auf das Gesicht der Lehrerin. Sogleich wendete sie sich wieder der holographischen Tafel zu, um den Monolog fortzuführen, den sie gehalten hatte, bevor Noah und Daniel in den Klassenraum gekommen waren. Die daraufhin entstandene Aufregung hatte dem Theater geglichen, das am Morgen vor dem Schuleingang eine elektrisierende Stimmung erzeugt hatte. Aber nun kehrte allmählich Ruhe ein. Daniel saß gelassen auf seinem Platz inmitten der anderen Schulkinder, während unzählige Blicke auf ihn gerichtet waren. Noah verdrehte die Augen.

Idioten, dachte er. Bald würden sie ebenso wie er nur noch Mitleid für den Krüppel empfinden. Noah blickte zu Frau Bluhm, die, begeistert von ihrem eigenen Vortrag, alles um sich herum vergaß und mit ihren dünnen Armen vor der Tafel herum wedelte. Doch Noah war der Einzige, der sich das ansah.

Denn Daniel sog die ganze Aufmerksamkeit seiner Mitschüler wie ein Schwamm auf. Er schien das umso mehr zu genießen, je länger es andauerte. Noah beobachtete die anderen Kinder, die nur noch Augen für Daniel hatten. Die Mädchen in der Klasse schmolzen förmlich dahin, wenn er auf eine Frage der Lehrerin antwortete und dabei seinen entstellten Mund ungeniert zur Schau stellte. Es schien ihnen auch völlig gleichgültig zu sein, ob Daniel etwas Sinnvolles sagte, oder nur Kauderwelsch daher plapperte. Er hatte Narrenfreiheit. Noah schnaufte. Er zwang sich ruhig zu bleiben. Mit jedem Tag, an dem sich das Schauspiel wiederholte, fiel es ihm schwerer. Die Jungen der Klasse suchten bei jeder sich bietenden Gelegenheit die Aufmerksamkeit des Neulings, indem sie ihn einluden, die Pausen beim gemeinsamen Fußballspielen zu verplempern.

Die Mädchen bedienten sich subtiler Mittel. Sie zogen sich besonders aufreizend an, sahen verstohlen zu Daniel herüber und kicherten, sobald er ihre Blicke erwiderte. Besonders Nicole kämpfte um die Gunst des Neuen. Und Noah spürte ein seltsames Gefühl in sich aufkeimen. Etwas, das er noch nie zuvor empfunden hatte.

Der bloße Gedanke an diesen Schnösel mit seinem deformierten Gesicht und seiner krächzenden Stimme führte dazu, dass seine Laune sich verschlechterte. Und immer wenn Nicole sich an Daniel ran machte - ihn mit voller Absicht anrempelte und eine aufgesetzte Entschuldigung hauchte, dabei Daniels Arm fest umklammerte, ihm ein vielsagendes, verschmitztes Lächeln schenkte - in solchen Momenten wäre Noah am liebsten aufgesprungen und Daniel an die Gurgel gegangen, um ihm einen Schlag in diese Fratze von Gesicht zu verpassen. Mit ganzer Kraft, damit dieser Knilch fortan nicht nur aufgrund der Fahrlässigkeit seiner Eltern ein Leben führen müsste, das von körperlichen Gebrechen bestimmt war.

Noah schluckte seine Wut hinunter, trug sie mit zu sich nach Hause, wo sie in ihm gärte, sich weiter aufstaute.

Er saß mit seinen Eltern am Esstisch, starrte ins Nichts, beachtete die Mahlzeit kaum, die verführerisch angerichtet auf dem Teller lag.

„Schmeckt es dir nicht, mein Schatz?", fragte seine Mutter und sogar sein Vater, der mit seinen Gedanken meist woanders weilte, wirkte beunruhigt.

„Doch, Mutter. Es ist wie immer sehr lecker." Zu ihrer Besänftigung ergriff Noah seine Gabel und nahm einen großen Bissen Nudeln zu sich.

„Was ist es dann?", bohrte sein Vater weiter. „Komm schon, Junge! Uns kannst du nichts vormachen. Wir sind schließlich deine Eltern. Irgendetwas bedrückt dich doch!"

„Es ist nichts…"

„Noah, du kannst uns alles sagen, egal worum es geht!", sagte seine Mutter. Ihre Augen waren durchtränkt von Sorge.

„So ist es!", fügte der Vater hinzu. Noah zögerte. Der Versuch den Fragen seiner Eltern auszuweichen, war zwecklos. Sie würden nicht locker lassen, bis Noah ihnen eine für sie befriedigende Antwort gegeben hatte. Sie waren auf solche Situationen geeicht. Ihr genetisches Profil war optimiert für die Rolle der guten Eltern und sie besaßen hervorragende soziale Antennen, die ihnen sofort meldeten, wenn im Familienidyll etwas im Argen lag.

„Es gibt da einen Neuen bei uns in der Schule…Er ist seit ein paar Tagen bei uns. Seine Eltern…sie haben ihm etwas Grausames angetan. Etwas Fürchterliches."

„Also hast du Mitleid mit dem Jungen? Ist es das? Tut er dir leid?", fragte die Mutter und in ihrer Stimme schwang Stolz mit. Ihr Sohn verfügte eben über eine außerordentliche Empathie. So wie sie es sich damals gewünscht hatte.

„Am Anfang tat er mir leid."

„Was stimmt denn mit dem Kind nicht?", wollte sein Vater wissen. Er war ziemlich neugierig. Eine Eigenschaft, die nicht gerade von Vorteil war und die Noahs Großeltern bei der genetischen Optimierung wohl übersehen hatten.

„Er ist anders, Vater. Ganz anders als wir. Und dabei ist er nicht einmal krank. Er hatte keinen Unfall oder so. Seine Eltern...Sie haben sich für eine natürliche Geburt entschieden."

„Oh Gott! Wie grässlich!", rief seine Mutter und hielt sich vor Schreck die Hände vor den Mund. Ihr kamen die alten Schauergeschichten von den Schmerzen und dem Blut in den Sinn, die mit der alten Methode verbunden waren. Man hatte dieses mittelalterliche Verfahren aus gutem Grund abgeschafft.

„Hm, dann sind die Eltern wohl Ausländer. Mein Sohn, in manchen Ländern gibt es kein Wohlfahrtsprogramm wie bei uns. Dort übernehmen die Krankenkassen keine Kosten für genetische Optimierung und die Leute sind arm, sehr arm..."

„Ja, ich weiß Vater. Aber ich habe die Eltern gesehen. Sie kommen nicht aus dem Ausland. Und sie sehen auch nicht seltsam aus. Im Gegenteil, ich habe noch nie so perfekte Leute gesehen. Wunderschöne Menschen sind das. Und auch

Daniel, also der Neue, er hat mir erzählt, dass seine Eltern reich sind und füreinander geschaffen wurden. Doch anstatt aus ihm das Beste machen zu lassen, haben sie nichts unternommen, um ihn vor irgendwelchen Missbildungen zu schützen. Er ist viel kleiner als ich, geht komisch und im Mund trägt er etwas, was sie Zahnspange nennen!" Sein Vater runzelte die Stirn und sah zu seiner Frau hinüber, die den Ausführungen ihres Sohnes schockiert lauschte.

„Du denkst dir diesen Blödsinn doch nicht aus, Noah?!", fragte er

„Nein!"

Eine Weile lang schwiegen sie. Die Mutter sah bekümmert aus und stocherte in ihrem Essen herum, der Vater hatte sich zurückgelehnt und dachte nach.

„Ihr wolltet ja, dass ich es erzähle!" Noah wusste nicht, wie er die Situation deuten sollte

„Ich werde mit dem Direktor reden. So etwas kann nicht gut sein", sagte sein Vater. „Der arme Junge wird doch wohl kaum dem Unterricht folgen können. Da wird nur wieder der Wahn liberaler Politiker umgesetzt, die darauf bestehen, dass unsere Kinder mit diesen...Benachteiligten zusammen lernen."

„Er ist nicht dumm. Ich glaube sogar, dass er trotz seiner Schwächen schlau ist", warf Noah ein.

„Wird er etwa gehänselt? Ärgern ihn die anderen Schüler? Ich dachte, die meisten Eltern wären mittlerweile so sensibilisiert, dass sie den Hang für ein solches Verhalten eliminieren lassen."

„Nein, nein. Im Gegenteil, diese Dummköpfe himmeln ihn an! Sie verbringen jede freie Sekunde damit, sich mit ihm zu unterhalten - diese Idioten."

„Was ist daran idiotisch?", wollte sein Vater wissen.

„Na, Daniel ist doch gar nichts Besonderes. Er ist klein, sieht seltsam aus und im Sport ist er auch viel schlechter als ich."

„Was hast du damit zu tun?", fragte die Mutter, die nun verärgert aussah. „Noah, bist du etwa eifersüchtig?" Sie erhob sich und sah ihm tief in die Augen. Sein Vater beugte sich vor und faltete die Hände, so, wie er es immer tat, wenn ihm etwas Unbehagen bereitete.

„Ich bin nicht eifersüchtig! Aber es ist doch total bescheuert einem solchen Kerl, so viel Aufmerksamkeit zu schenken. Ihr solltet sie sehen, wie sie ihn immerzu angaffen! Beim Sport haben sie sogar applaudiert, als er endlich mal eine Übung richtig hinbekommen hat. Etwas, was jeder Andere sofort schafft, absolut nichts Außergewöhnliches. Doch diese Penner johlen und klatschen wie verrückt!"

„Noah!", ermahnte ihn seine Mutter mit lauter Stimme.

„Junge, das ist kein anständiges Verhalten. Nur weil die Anderen den armen Jungen unterstützen, darfst du dich nicht aufführen wie eine beleidigte Leberwurst!", fügte der Vater hinzu.

„Seid ihr verrückt geworden? Habt ihr nicht gehört, was ich euch gerade erzählt habe?

„Vielleicht es ist besser, wenn du heute mal früher ins Bett gehst?", sagte der Vater, weil er nicht wusste, wie man einen Jungen zur Strafe auf sein Kinderzimmer schickt. Es war noch nie nötig gewesen. Noah stand wortlos auf und ging. Dann zögerte er, drehte sich um und schrie seinen Ärger hinaus. „Wenn es so toll ist, behindert zu sein, warum habt ihr mich dann makellos werden lassen?!"

Mit einem Knall fiel die Tür hinter ihm zu. Die ganze Welt wird langsam verrückt, dachte er und hörte seine Mutter leise wimmern.

„Mein eigener Sohn! Ohne Verständnis und Mitgefühl!"

„Hey!", sagte Daniel und klopfte Noah zur Begrüßung auf die Schulter. Noah hätte ihm seine schlafe Hand am liebsten abgerissen, um diesem arroganten Schnösel endlich eine Lektion zu erteilen. Aber stattdessen lächelte er und erwiderte den Gruß mit einem stummen Kopfnicken. Sie waren auf dem Schulhof. Die anderen Schüler hatten Schutz unter den riesigen Laubbäumen gesucht, die mit ihren Ästen und den unzähligen Blättern den in der Hitze dringend benötigten Schatten spendeten. Das taten die Bäume das ganze Jahr, unverwüstlich, immer grün, genetisch optimiert.

„Ich wollte mich bei dir bedanken", fuhr Daniel fort und setzte sich neben Noah auf die Bank. „Für die Führung und die Vorstellung in der Klasse. Ich glaube, wenn du das nicht gemacht hättest, wäre ich nicht so schnell akzeptiert worden."

„Ach, das glaubst du?"

„Ja, du gehörst immerhin zu den Beliebtesten hier. Und da die Anderen gesehen haben, dass wir Freunde sind..." Noah platzte der Kragen, er sprang von seinem Platz auf und fixierte Daniel mit finsterem Blick.

„Jetzt hör mal gut zu! Wir sind keine Freunde! Das sind wir auch nie gewesen! Du mit deiner dämlichen Mitleidstour!"

„Mitleidstour?", Daniel sah sein Gegenüber unschuldig an.

„Ja, verdammt nochmal. Die Masche mit deinen Behinderungen! Deiner Benachteiligung! Mir kannst du nichts vormachen! Du genießt das doch. Von allen ständig beachtet werden. Immer im Mittelpunkt stehen. Sonst würdest du uns nicht andauernd mit deinem *schlimmen Schicksal* nerven, uns deine hässliche Visage präsentieren und mit deinen Unzulänglichkeiten prahlen! Du nutzt aus, dass du ein Krüppel bist! Du lässt dich von den Mädchen betatschen und verschaffst dir einen Vorteil! Nur weil du anders bist!" Noah keuchte vor Aufregung, sein Mund war trocken und er schwitzte. Er hatte sich in Rage geredet. Daniel starrte ihn an. Sie waren allein. Die anderen Kinder verbrachten die Pause in der gegenüberliegenden Ecke des Schulhofes. Er grinste und stand auf, sein schmächtiger Körper hatte dabei große Mühe das Gleichgewicht zu halten. Er war nicht gut auf die Hitze eingestellt. Ein weiterer Mangel. Er trat an Noah heran und das Grinsen verwandelte sich in eine verhöhnende Grimasse. Die grässliche Spange glänzte in der Mittagssonne.

„Und was willst du dagegen unternehmen?", fragte Daniel. Noah kochte vor Wut, nur mit Mühe konnte er sich zurückhalten. Schweren Herzens drehte er sich um und ging davon.

„Ich glaube, ich nehme das Angebot von Nicole an", rief Daniel ihm hinterher.

„Was?!"

„Ich sagte, ich nehme das Angebot von Nicole an, dass sie mir gemacht hat, als wir allein waren." Daniel lachte mit ätzendem Ton. Noah kam zurück und sah ihm in die Augen.

„Ich glaube dir kein Stück! Wann soll sich Nicole mit dir Trottel getroffen haben?"

„Gestern Abend. Sie hat mich sogar mit zu sich genommen,

mit auf ihr Zimmer!" Noah packte Daniel am Hemdkragen und zog den Aufschneider zu sich heran. Sein Zorn wuchs von Sekunde zu Sekunde, mit jedem Wort, das dieser Zwerg von sich gab.

„Lügner! Du bist ein dreckiger, elender Lügner!"

„Soll ich dir sagen, was sie mir angeboten hat?", fuhr Daniel unbeeindruckt fort. „Sie hatte nur noch ihre Unterwäsche an und sie hat alles gemacht, was ich von ihr wollte! Und willst du wissen, was sie dann gesagt hat?" Daniel lachte, obwohl Noah ihn schüttelte, ihn spüren ließ, welche Kraft in seinen Armen lag und welche Schmerzen er ihm zufügen könnte, wenn er nur wollte.

„Sie hat gesagt, dass sie noch weiter gehen würde. Ich müsste es bloß sagen! Sie würde auch den letzten Schritt gehen. Am liebsten hätte sie mich von unten bis oben abgeleckt. Überall!"

„Du lügst!", schrie Noah, diesmal so laut, dass es auch die Mitschüler am anderen Ende des Schulhofes hörten und sich zu ihnen umdrehten. Sie starrten neugierig herüber, tuschelten, begriffen, wie Noah mit Daniel umging. Auch Nicole stand da, sah ihn an. IHN! Sie spähte zu Daniel herüber und in ihren Augen lag jene Sehnsucht, die Noah so gerne für sich gehabt hätte. Doch sie gehörte Daniel. Dem degenerierten Jungen, mit all seinen Fehlern, seinen Mängeln.

Sie gehörte ihm, weil er keine braunen Haare hatte, weil er kleiner war als alle anderen Jungs und weil er dieses exotische Hilfsmittel in seinem Mund trug. Daniel war anders und die, die gleich waren, bewunderten ihn dafür.

„Du hast verloren", flüsterte Daniel, der den Blick Nicoles mit einem zweideutigen Grinsen erwiderte.

Noah schleuderte den schmächtigen Körper Daniels zu Boden, warf ihn mit solcher Wucht auf den heißen Asphalt, wie er nur konnte. Daniel schlug auf und stöhnte vor Schmerzen. Noah stürzte sich auf ihn. Er ballte seine Fäuste, schlug ohne Unterlass auf die schmächtige Brust und den deformierten Kopf. Die Brille zersprang unter der Gewalt der Schläge und bald konnte Daniel nicht einmal mehr seine Hände schützend vor sein Gesicht halten. Seine Kräfte schwanden, doch Noah, rasend vor Zorn, prügelte weiter auf ihn ein. Er traf das Gesicht, traf auf weiches Fleisch, auf das Metall der Spange und schlug die Zähne aus, die sie verbarg.

Endlich gelang es zwei Mitschülern, Noah von Daniel herab zu zerren und ihn mühsam auf dem Boden zu halten, um der Raserei ein Ende zu bereiten.

Daniels zerschundener Körper lag in der Mittagssonne. Sein Gesicht glich nur noch einer roten breiigen Masse. Die Mädchen schrien und weinten. In der Ferne hörten sie die heulende Sirene eines Krankenwagens. Noah kauerte auf der

Erde und rang nach Luft. Seine Wut hatte ihn all seine Energie gekostet. Er blickte zu Nicole, die Noah mit glasigen Augen anstarrte.

Herr und Frau Beier saßen im Wartezimmer des Arztes und blätterten in den ausgelegten Zeitschriften umher. Ein Ritual, das einfach nicht tot zu kriegen war.

Nach einer halben Stunde wurden sie in das Behandlungszimmer gerufen. Hinter seinem riesigen Schreibtisch hatte es sich der Gynäkologe bequem gemacht, der zugleich ihr persönlicher Genetiker war. Schwerfällig stemmte er sich aus seinem Sessel hoch und reichte seinen Patienten die Hand.

„Ah, die Beiers. Ich grüße Sie!"

„Hallo Herr Doktor", sagten die Beiden in schläfriger Eintracht.

„Ich darf also annehmen, dass Sie es sich noch einmal überlegt haben? Natürlich haben Sie das, sonst wären Sie ja jetzt nicht hier." Der Arzt lachte und klatschte vor Begeisterung in die Hände.

„Und da Sie den Ablauf ja kennen, spare ich mir das einleitende Gerede zu den gesetzlichen Vorschriften der genetischen Optimierung. Stattdessen bekommen Sie von mir gleich die Unterlagen." Der Doktor öffnete die Schublade, kramte darin herum und zog dann das elektronische Formular hervor, das er Frau Beier reichte, wohl wissend, dass sie es war, die im Hause Beier solche Entscheidungen zu treffen pflegte.

„Sie kennen das Alles ja schon. Es hat sich seit dem letzten Mal nicht viel verändert. Nur ein paar neue Kategorien sind dazu gekommen. Die Forschung macht laufend Fortschritte und gleicht so manches aus, was früher undenkbar schien. Wie lange liegt ihre letzte Schwangerschaft noch gleich zurück, Frau Beier?“

„Knapp fünfzehn Jahre“, beantwortete Herr Beier die Frage für seine Frau, die bereits das Formular ausfüllte.

„Ach ja, stimmt. Dann ist das jetzt auch die letzte Gelegenheit für Sie. Mit fünfundsechzig noch einmal ein Kind zu bekommen, ist die Grenze, die der Gesetzgeber vorsieht. Allerdings kann das in ein paar Jahren wieder anders aussehen. Wie heißen ihre anderen Söhne nochmal? Kai und Noah, oder?“

„Sohn. Wir haben nur einen Sohn. Er heißt Kai“, sagte Herr Beier. „Hier Liebes, vergiss nicht diese Kategorie anzukreuzen.“

„Wirklich nur ein Sohn? Ich hätte schwören können, dass Sie bereits zwei Kinder haben. Ich meine, es sogar noch heute Morgen in ihrer Akte gelesen zu haben.“

Frau Beier sah für einen Moment lächelnd von dem Formular auf.

„Na, wie dem auch sei...“, murmelte der Arzt und ging wieder seiner Pflicht nach. Er holte sein digitales Notizblatt hervor und rief mit einer Handgeste alle wichtigen Daten für die bevorstehende Schwangerschaft und die genetische Optimierung des Kindes auf.

„Also, Sie möchten wieder einen Jungen, wie ich sehe. Er soll die üblichen Attribute besitzen. Natürlich alle Vorkehrungen gegen Risikoerkrankungen erhalten und auch ansonsten dem Standard entsprechen. Ist das richtig?“

„Ja, genau“, antwortete Frau Beier und ergriff die Hand ihres Mannes. Die Beiden wirkten auf den Doktor erschöpft, als würde sie irgendetwas belasten. Aber das war nicht sein Problem. Er war Genetiker und Arzt. Die Psychologie überließ er den Therapeuten.

„Sehr schön! Das wäre das Komplettpaket, wie es auch von Ihrer Krankenkasse finanziert wird. Haben Sie denn noch einen Wunsch? Etwas, was Ihnen besonders am Herzen liegt?“

„Nun, Herr Doktor“, sagte Frau Beier. Sie zögerte, bevor sie weiter sprach. „Wir legen Wert darauf, dass unser Kind absolut friedfertig wird. Es soll keinem Menschen etwas Böses wollen, keinen Neid und keine Eifersucht empfinden.

Und es soll vor allem nicht zu Gewalt neigen...Ist das
möglich?"

„Aber natürlich, liebe Frau Beier! Das ist gar kein Problem.
Dieses Kind wird genau der Junge, den Sie sich wünschen!"